太極《たいきょく》悠悠《ゆうゆう》3

太極拳とともに生きる

中野 完二

時空出版

はじめに

楊名時太極拳の師家・楊名時先生は、残念なことに、悲しいことに二〇〇五年七月三日、逝去された。

『太極悠悠——日常から見つめる非日常』という拙著を上梓したとき、楊名時先生は、巻頭に、次のような文で始まる推薦の言葉をお書きくださった。

「中野完二さんは、楊名時太極拳の日本武道館時代からの古い師範である。もともと文化出版局の編集者として、私の本を出版したいと、一九七一年に日本武道館にお見えになった。『ご自分でも何か月か太極拳をおやりになってこれはいいものだと思われたら、この話を進めましょうか。ご自分が動けないと編集できないでしょうし、自社の出版物にある動きができないと、自信をもっておすすめできないでしょうから……』と申し上げたら、それから熱心に稽古に通われ、今日まで三十年も続いている」

師家からありがたいお言葉をいただき、忝《かたじけ》なく思う。

『太極悠悠２――楊名時太極拳は継続して稽古している。『太極悠悠――日常から見つめる非日常』（二〇〇〇年九月）に続いて、『太極悠悠２――楊名時太極拳を楽しむ』（二〇一二年五月）を出し、楊名時太極拳は継続して稽古している。第三冊めにあたる本書を、前二書と同じく時空出版株式会社から出させていただく今年二〇一七年は、私の太極拳歴が四十六年になる。齢も満八十歳となり、言わば傘寿記念の出版と言ってよい。

楊名時先生の『太極悠悠』推薦の言葉に戻る。

「(文化出版局から出した) 楊名時太極拳にとっても記念すべき最初の本は、『太極拳』として世に出て、今では『新装版太極拳』と書名は変わったけれども、今もって文化出版局で版を重ねている。

その後、『写真版太極拳』『太極拳のゆとり』『英語版太極拳』など何冊もの私の本を編集してくれて、楊名時太極拳の機関誌『太極』の編集も当初から担当してくれた。楊名時八段錦・太極拳友好会（現在は、特定非営利活動法人日本健康太極拳協会）の役員として、組織のまとめ役を務めてくれただけでなく、故・吉川嘉之師範といっしょに私を助けて全国をまわってくれた。楊名時太極拳が日本全国に広まるうえで、とてもたいせつな役割を果たしてくれたお一人である」

本書はサブタイトルを「太極拳とともに生きる」とした。編集者として、また太極拳の指導・普及に携わった実践者として、詩人として、幅広い視野、交流の中から、太極拳とともに生きてきた生活の中で、太極拳がどう感じとられ、深められていったかを、具体的に綴った。広い意味で健康エッセイ集である。心と身体を幅広くとらえたいと願ってきた思いをお汲みとりくださったら幸いである。

前二著も、本書も、静岡県御殿場市にあって老人性痴呆医療と真剣に取り組んでいる富士山麓病院(旧病院名は御殿場高原病院。清水允熙《のぶひろ》院長)で発行する『富士山麓病院新聞』に〈太極悠悠〉のタイトルで連載させていただいた原稿がもとになっている。

『御殿場高原病院新聞』編集長で親友の鷹橋信夫さんは、残念ながら、二〇〇五年一月に亡くなられた。『新聞』発行は隔月刊ではなくなったが、病院は新聞発行につとめ、私も以前どおり〈太極悠悠〉の連載を続けさせていただいている。

清水院長、鷹橋編集長、川村研治・現編集長と編集スタッフに感謝する。

〈太極悠悠〉の連載分を「I」章とし、末尾に〈悠悠〉の回数と年月をつけ、原則として新しいほうから、古い順に並べた。

「Ⅱ」章は、日本健康太極拳協会の福島県支部会報「太極ふくしま」に書いたものから選んだ。新原稿「楊名時太極拳の魅力」も収めた。

「Ⅲ」章は、歌人・吉野秀雄艸心忌《そうしんき》、柏崎談笑会の記事や、「越後タイムス」掲載の記事など幅広く収めた。

著　者

太極悠悠 3 ——太極拳とともに生きる 目次

II

Ⅲ

装幀・田中和浩

I

2017 年 2 月 2 日、本部道場中野教室で。撮影・服部 隆（前列中央、空手衣姿が著者）

太極拳とは、中国古来の養生法である、「吐納法《とのうほう》」（腹式深呼吸法）と「導引術《どういんじゅつ》」（腰を中心に体を曲げたり伸ばしたりして宇宙にある生命エネルギーである「気」を体内に導き、体内の「気」の通り道である経絡《けいらく》の流れをスムーズにする運動）に、陰陽五行説や拳術を総合的に結合させた中国武術の一種である。現代では、だれにでもできる健康法、病気の予防・治療に使われる医療体術として知られている。

「吐納法」「導引術」は今でいう「気功」にあたる。「気功」という呼称は一九五〇年代に中国で始まったようだが、実は三千年を超す歴史があるといわれる。やり方は、二千種類とも三千種類あるともいう。中でも「八《はち》段錦《だんにしき》」は、気功の中の気功といってよいものである。気功の三要素とされる「調身・調息・調心」をたいせつにする楊名時太極拳もまた、気功太極拳である。

師家・楊名時先生が一九六〇年より日本で指導・普及された楊名時太極拳は、日本で最も愛好者が多く、「健康・友好・平和」を目ざしている。

八段錦は、中国の民間に古くから伝わってきた健康運動、医療体術である。

八段錦は八つの動きから成り、一つ一つが独立しているので、学びやすく覚えやすいという特長がある。また、時間も短く、一つの動きだけでも稽古できる。その動きは柔らかく、静かなので、年齢や性別を問わず、どなたにも、どこでも、いつでもできる。体調を崩した人でも、体力に応じて無理なく稽古できる点がすぐれている。

普通、八段錦というと、立式《りっしき》八段錦（站式《たんしき》八段錦ともいう）を指すが、坐式八段錦もある。坐式八段錦は床上八段錦ともいわれ、ベッドや椅子の上でできるマッサージ動作が中心である。私のやっている「顔の周辺のマッサージ」も、坐式八段錦の一部と言ってよい。

楊名時太極拳も八段錦も、鼻呼吸により、心を込めて、吐く息を大切にしながら、呼吸に合わせて、ゆっくり動かすことで、自分で自分の内面のマッサージをし、だれもが持っている病気の自然治癒力を引き出すのである。

深大寺の白鳳仏、国宝に

私は現在、東京・調布市の深大寺の近くに住んでいるが、今年二〇一七年、深大寺ではうれしいニュースがあった。

深大寺については、改めてご紹介する必要はないかもしれないが、関東屈指の古刹で、天台宗の寺、山号は浮岳山。もと法相宗。七三三（天平五）年、水の神である深沙大王をまつる寺として開かれたという。

寺宝の銅造釈迦如来倚像（通称・白鳳仏と呼ばれている）は、椅子に腰かけたようなお姿のお釈迦さまで、少年を思わせるお顔に、着衣は衣文《えもん》が流れるように表現されている。

以下、調布市の「市報ちょうふ」三月二十八日号からの説明を拝借させていただく。

〈七世紀後半の飛鳥時代後期、（美術史上の区分では、白鳳時代）に造られたと推定される、いわゆる「白鳳仏」の特色がよくあらわれた仏像の代表作です。製作技法も高い水準である

ことがわかっており、関東に伝来した白鳳仏の名品です〉
その白鳳仏は、私が調布に来た四十数年前は、お正月などに本堂内の玄関寄りにご開帳されるに限られていたが、釈迦堂が作られ、釈迦堂が開いていれば、常時拝観できるようになった。

この白鳳仏であるが、今年三月十日、国の文化審議会は、文部科学大臣の諮問に対し、深大寺所蔵の銅造釈迦如来倚像（通称・白鳳仏）を国宝（美術工芸品・彫刻）に指定することを答申したというのである。

深大寺とその周辺では、「東日本最古の国宝仏」という、ミニののぼりを立てて祝い、深大寺の張堂完俊ご住職も、「市報ちょうふ　深大寺白鳳仏国定指定臨時号」で、
「いま深大寺は、寺中も地域社会も、栄えある国宝指定の高揚感に包まれています。今回の件で取材の新聞記者の〝以前とは境内の雰囲気が変わっています〟という一言が印象に残っていますが、それは国宝仏の尊格というものだと思います。何しろ寺伝来の仏像では東京で唯一、関東でも二体だけなのです」
と、その意義を熱っぽく話されている。

ところで、「市報ちょうふ」で呼びかけがあったので、往復ハガキで応募して「深大寺白鳳仏国定指定記念第一回講演会」へ行ってきた。深大寺本堂で、六月十八日（日）午後三時～四時三十分、東京藝術大学名誉教授、新潟県立近代美術館名誉館長、半蔵門ミュージアム館長の水野敬三郎先生が、「深大寺の白鳳仏」についてご講演された。

深大寺の「白鳳仏」が発見されたのは、慶応元（一八六五）年に深大寺が大火災に見舞われ諸堂の多くが焼失してから四四年後の明治四十二（一九〇九）年のこと。深大寺元三大師堂の須弥壇の奥に横たえて置かれてあったという。その後、大正二（一九一三）年に国宝に指定されたが、昭和二十五年の文化財保護法の施行により、旧国宝が重要文化財になったため、同像も重要文化財となり、現在に至ったという。苦難の歴史があったのだ。

深大寺の「白鳳仏」は新薬師寺の香薬師像、法隆寺の夢違観音像と酷似しているという。三像は共に白鳳期の傑作と称せられる。深大寺開創前に文化の中心地であった畿内地域の同一工房で制作され、その後深大寺の本尊として迎えられた、と考えられるとのことだった。

ご講演を聴いてから、釈迦堂で、香薬師像と夢違観音像のレプリカが左右に配された深大寺白鳳仏を拝して、帰った。山門が閉まる直前だった。

（「悠悠」140　’17・8）

祝「富士山麓病院新聞」第150号

〈太極悠悠〉を連載させていただいている「富士山麓病院新聞」は、病院名が御殿場高原病院だったときの「御殿場高原病院新聞」からの通算で、今年二〇一七年四月発行で第一五〇号を迎える。

清水允熙院長、新聞担当編集人の川村研治先生をはじめ、富士山麓病院の皆さまに、おめでとうございます、とお祝いを申し上げたい。

「富士山麓病院新聞」のような「新聞」を発行している病院、医院が、日本にどのくらいあるか知らないが、富士山麓病院がこういう「新聞」を発行していることは、大いに誇ってよいのではないかと思う。

清水院長先生の〈症例検討〉を巻頭に据え、入院患者さんとそのご家族の方々の思い、先生や職員とそのご家族の方々の思いを紙面になるべく出そうとされている姿勢が好ましく、病院と職員と「新聞」がよい和気の世界をつくってきた。それも持続的に「新聞」を中心に、清水院長、編集長はじめ、編集スタッフを含め、病院全体で努力を重ねてこられた。それがすばらしい、と私は思う。

富士山麓病院は、「三十年以上に渡って培った臨床経験を活かし〝早期発見〟と〝適切な診断・対応〟を中心に認知症の専門的な治療を行っています」と自信をもって言えるのも、病院全体が、「患者さんに常に優しく接してさしあげる姿勢と考え方で治療とケアに徹しないと認知症は改善しない」という清水院長の考えが行き渡っているためであろう。

「新聞」の編集人は、第一号から第一一三号まで鷹橋信夫さんだった。世相史研究家として労作『昭和世相流行語辞典』を一九八六年十一月旺文社から出したが、その疲れのためか、評論家、著述業として大活躍をしながら、残念にも二〇〇五年一月十三日急逝した。「新聞」が命がけの仕事だった。

鷹橋さんは、当時の「御殿場高原病院新聞」（隔月刊）のほかに、「やまびこ」という、病院の職員だけを対象に編集・発行する親睦紙を、一九九一年二月十日創刊した。偶数月の隔月刊だが、「新聞」より柔軟な編集ぶりを示している。

私の手許には「やまびこ」第六二号（一九九八年十二月一日発行）まで残っているが、六二号には鷹橋さんも〈藪睨み雑言・35〉として「梁上の夫婦鳩」という自宅から見た神田川風景を綴っている。

鷹橋さんは、がん治療で苦しみながら、亡くなる二〇〇五年の一月一日号の「御殿場高原病院新聞」に〈雑言抄〉を変えて〈藪睨み医薬世相・84〉「青畳の香」を執筆、「二〇〇〇年の発売以後では最も体調がいいように思われる」と書いていたのに……、鷹橋さんの急逝が悲しくてならなかった。

「御殿場高原病院新聞」第一一四号（二〇〇五年五月一日発行）は「鷹橋信夫編集長の追悼号」となった。内藤真治さんを中心に追悼号をまとめてくださった。

ところで、定期刊行物の「第一二五号」と言えば、楊名時太極拳でも、本部道場中野教室のメンバー・茶木登茂一師範が、ご自分でパソコンを打って発行する『雲の手通信』（「雲《ユン》手《シヨウ》」という太極拳の動きに由来）が本年二月で第一二五号となった。二月二日に、稽古のあと新年会を兼ねて、私の傘寿も含め、さまざまな長寿お祝いの会がもたれた。茶木師範は、私の名前を頭に折り込んだ短歌を贈ってくださり、奥様の茶木中子師範は、それを見事な字で色紙に書いてくださった。ありがたいことである。

（「悠悠」139　'17・4）

敬天信人

「富士山麓病院新聞」の前号、第一四八号に、松下英美・病院秘書室長が、『あい』がなくては…」という文章をお書きになっていた。

〈あなたの心の中はどんな「あい」であたたまっているのでしょうか〉

と、文を結んでおられた。


私の愛好する楊名時太極拳でも、楊名時先生は、よく「生きることは心、生きることは愛、健康は愛の心から生まれる」とおっしゃっていた。

「楊名時太極拳指導者十訓」という十の言葉を、楊名時先生は指導者への大切な教えとして遺されたが、その言葉の中に「敬天信人（ジン　ティエン　シン　レン）」がある。

楊名時先生は、著書『太極の道』（海竜社刊）で述べておられる。〈天を敬い人を信ずる。

人間はこの大宇宙（の動き）という大きな法則の中に生きている、生かされているのです。何というありがたいことか。順天、つまり、大宇宙（の動き）に順応する、迷わぬことが自然な生き方なのです。そして家族や友だちはもとより、人と人は大きな心で信じ合うことが人間としての値うちなのです。それは、西郷隆盛先生の座右銘「敬天愛人」にも通じます。人を信じることです〉

西郷隆盛さん（一八二七〜一八七七）は、「南洲翁遺訓」で〈道は天地自然の道なるゆえ、講学の道は敬天愛人を目的とし、身を修するに、克己を以て終始せよ〉と述べておられる。講学とは、学問を研究すること、克己とは、私欲にうち勝つこと、であろう。

西郷さんの大きな願いにつながるような願いを楊名時先生もお持ちになっていた。自然の恵みに感謝し、人を信じ、他人のために役立つように努めること。それがまた自分のためにもめぐってくる。

「我為人人」（自分が人様のために努力したり、尽くせば、人様もまた自分のために応じてくださる。しかし、最初から自分のために応じてくださることをあてにして努力するのではない。形だけでなく、心のこもった努力や太極拳が、結局は寿命の長い太極拳につながるのではないか）と楊名時先生は心底想われていたと思う。

日日健康でいることが、私どものいちばんの願いである。

「心・息・動」（意識・呼吸・動き）を一つにするように心がけて、心をこめて、呼吸とともに、ゆっくりと、柔らかく、体を動かしたい。

嘉納治五郎先生の講道館柔道の理念の一つ「自他共栄」の精神が、楊名時太極拳には受け継がれている。

自分だけよければよいというのではない。自分も他人様もともに伸びるようにしたい、自分の国も相手の国も共存共栄で栄えるようにしたい。この願いが楊名時太極拳に流れていると思う。

楊名時先生が日本に留学されて、柔道を学ばれたことが幸いした。ありがたいことだ。

私どもの太極拳の大目標である「健康・友好・平和」というスローガンにも、「自他共栄」が含まれている。「敬天信人」が含まれている。

私は、太極拳の教室では「敬天信人」に続けて、長崎で原子爆弾を被爆しながらも被爆者の治療にあたり亡くなられた永井隆博士の言葉「如己愛人」のことを話すことが多い。「己の如く人を愛せよ」というキリスト教の教えが礎にある言葉である。

永井博士晩年の小さな住まい「如己堂《にょこどう》」は、長崎市民によって建てられた。

（「悠悠」138　'17・1）

松代の大島博光記念館行き

フランスの詩人・作家のルイ・アラゴン（一八九七〜一九八二）の作品は、第二次大戦後一〇年ほどは日本でも多くの人に読まれたが、今や読む人はほとんどいなくなってしまった。しかし、アラゴンは、ナチス・ドイツに対して、詩を武器に生命がけで抵抗したレジスタンスの詩が有名だ。また、妻のエルザとの愛もよく知られた。二十世紀の世界的文豪である。

私がアラゴンの詩集『フランスの起床ラッパ』を読んだのは高校二年生の時だった。大島博光《ひろみつ》さん訳で、一九五一年、三一書房刊の、ザラ紙の詩集であった。詩の持つ力強さ、深さがある。言葉のリズム、詩の盛り上げ方にも魅かれた。

私が詩に親しみ、詩を書くきっかけになった一冊である。

大島博光さん（はっこうさんと俗に呼んでいた）は、一九一〇年、長野県松代町（現・長野市松代町）のお生まれ。早稲田大学文学部仏文科ご卒業の詩人。私の大先輩にあたる。恩師・西條八十先生の雑誌『蝋人形』の編集に携わり、『フランスの起床ラッパ』のほか、『エリュアール詩選』『アラゴンとエルザ　抵抗と愛の讃歌』（東邦出版社）『世界の詩集13　アラゴン詩集』（角川書店）など多数の著訳書がある。

私も大島大先輩の後を追って、早大仏文科に入った。卒業論文は、「ルイ・アラゴンの詩における愛について」だった。

論文主査の高村智先生にはお世話になり、大島博光先生、橋本一明先生（高崎高校の大先輩にあたる）などの訳業は、とても参考になった。

大島博光先生が亡くなられ、三鷹市の禅林寺会館で開かれたお別れの会に、隣接する調布市の北のわが家から自転車を二〇分ほど走らせて行き、お別れさせていただいた。生前、お目にかかることがなかったが、三鷹のご自宅に伺って、いろいろお教えいただくべきだった、と悔やまれてならなかった。

お別れの会当日は、太極拳の催しに出席する用事があり、ご遺族にも、詩人の新川和江先生にも丁寧にご挨拶しないまま退出せざるをえなかった。

大島博光記念館が、大島先生の故郷・松代にできたのは、二〇〇九年だったろうか。記念館友の会もでき、すぐに入会させていただいたが、一度も記念館に伺う機会はなかった。

ところが、先日、富士山麓病院の清水允熙院長から、高崎南中学校以来の同期生で、本紙に連載している内藤真治さんと私を、大島博光記念館にご案内したい、病院の自家用車で、とのお申し出があった。日程は七月十二日、十三日の二日間。

清水院長、内藤真ちゃん（早稲田の山吹町の六畳で自炊しながら生きてきた大親友）ともゆっくりお話できる！　とうれしく思っていたら、清水院長の体調が思わしくなく、病院の用も重なったせいか、院長は急に不参加になった。お言葉に甘え、内藤、中野の二人を病院総務課の田中健司さんに運転手として案内していただいた。

内藤真ちゃんは、案内する経験も豊富で、ご自身、歴史の専門家だから、とても楽しい、有意義な小旅行となった。

大島博光記念館では、小林園子事務局長が、館内を丁寧にご案内くださった。

私は博光先生の胸像、写真の前で、感謝の思いを込めて太極拳を白鶴の舞として舞わせていただいた。

改めて清水先生に感謝したい。今度は、長野の小田切圭市先生たちと芝生の上で舞いたい。

（「悠悠」137　’16・10）

「りゅうたろう」の違い

小倉百人一首の次の歌は、ご存じの方も多いことと思う。

わが庵《いほ》は都のたつみ（辰巳）

しかぞすむ世をうぢ（宇治）山と人はいふなり

平安時代初期の歌人で六歌仙の一人、喜撰法師の歌である。京の都から見れば、宇治の方角は辰巳《たつみ》で、辰と巳の間、すなわち東南にあたる。

というような説明を、十干十二支《じっかんじゅうにし》（干支《かんし》、えと）、特に十二支の方角について、私の指導する太極拳の「本部道場中野教室」の稽古の間にさせていただいたことがある。「辰巳」に関連して、辰巳《たつみ》柳太郎《りゅうたろう》（新国劇俳優）の名前も挙げた。

稽古を終えて、いつも行く中華の店「金陵」で食事しながら、会員の曲淵徹雄《まがりぶちてつお》師範から伺った話がある。

「辰巳柳太郎は俳人・石田波郷《はきょう》と四国の中学で同級生だったのではないか」というのである。

「ところが、……」と後日、曲淵さんからの連絡では、「紹興酒を飲んで、ほろ酔い加減で、さいたま市のわが家に戻ってから、石田波郷と中学で同級だったのは、辰巳柳太郎ではなく〝大友柳太朗《おおともりゅうたろう》〟であることに思い至りました。事実が〝龍（辰）〟と〝蛇（巳）〟ほど違うことをお話ししたことをお詫びいたします」とのこと。


石田波郷（一九一三〜一九六九）は、愛媛県の現・松山市のお生まれ。

「石田波郷は、大友柳太朗（一九一二〜一九八五）と県立松山中学校（現・松山東高校）で、五年間を通じて同級で、机も前後していたそうで、大友柳太朗が波郷に俳句をやるようにハッパをかけたという」

と曲淵さんの調べにあった（大友柳太朗友の会編『大友柳太朗快伝』）。

大友柳太朗は、新国劇俳優・映画俳優。辰巳柳太郎（一九〇五〜一九八九）のお弟子さんにあたるとか。新国劇を創始した沢田正二郎が辰年生まれ、辰巳柳太郎ご本人が巳年生まれなので辰巳としたようだ。

さまざまなご縁のつながりが感じられる。

石田波郷先生は、昭和四十四年十一月二十一日に亡くなられた。たしか駒込のお寺で行われた告別式に私も参列した。その頃、文化出版局でやっていた現代俳句女流賞の事務局をつとめていたご縁による。お目にかかる機会はなかったが、参列者の顔ぶれや式の荘重さに、故人への想いが伝わってきた。

それに、石塚友二先生（波郷先生の盟友）に『ミセス』の俳壇選者をお願いしたご縁もあった。

四月八日、虚子忌に、私が住む近くの深大寺に詣で、虚子胸像と、水原秋櫻子《しゅうおうし》の句碑をたずねたのち、深大寺境内、本堂裏の高台にある開山堂脇の波郷先生の句碑「吹起る秋風鶴を歩ましむ」を拝した。句集『鶴の眼』（昭和十四年刊）には、「吹きおこる秋風鶴をあゆましむ」とあるようだ。句碑は波郷二十三回忌追善、「鶴」五百五十号刊行を記念して建てられた。

墓所は、深大寺墓地にある。近くに住んでいながら、私は、今回初めておまいりした。

波郷先生のご長男、石田修大《のぶお》さんが早大卒業後、日本経済新聞社に入り、社会部、文化部を経て論説委員として活躍された、と教えてくれたのも曲淵さんである。『わが父　波郷』（二〇〇九年、白水社刊）という著書もあられるようだ。

曲淵さんに感謝する。

（「悠悠」136　'16・5）

五味太郎さん、東燃ゼネラル児童文化賞受賞！

世界的な絵本作家・五味《ごみ》太郎さん（先生と言うべきだが、ここでは親愛の思いを込めて、五味太郎さんと呼ばせていただく）が、日本の児童文化、児童文学の分野で、とても評価の高い、二〇一五年の東燃ゼネラル児童文化賞を受賞された。

この賞は、日本の児童文化の発展、向上に大きく貢献した個人、または団体に、東燃ゼネラルグループより贈られる。

その歴史は、一九六三年に遡る。当時のモービル石油創業70周年記念行事として、川端康成氏ら六氏の審査員による審査の結果、福永令三氏の「十二色のクレヨン」が特選に選ばれた。特選作を含めた入選作をまとめた童話集『赤馬物語』をつくり、全国の小学校へ寄贈したところ教育界や児童文化界より、大きな反響があったという。これがこの賞のきっかけになった。

対象を児童文化全般に広げ、一九六六年にはモービル児童文化賞が創設されたのである。受賞者には、トロフィーと賞金二〇〇万円が贈られている。

さらに、一九七一年には東燃ゼネラル音楽賞が創設され、音楽文化の発展、向上に尽くした方々をたたえ励ましてこられた。

東燃ゼネラル音楽賞の二〇一五年受賞者は、邦楽部門は沢井一恵さん（箏曲）、洋楽部門本賞は寺神戸亮《てらかどりょう》さん（ヴァイオリン、指揮）、洋楽部門奨励賞は川本嘉子《よしこ》さん（ヴィオラ）であった。

私は、文化出版局の書籍部門に、絵本・子どもの本の分野を拓きたいと願い、一九六〇年後半から、識者にも学び、自分でも、内外の数多くの絵本・子どもの本に接し、学んできた。

一九七〇年代初めに、〈ミセスこどもの本〉として、また、H・A・レイ作、石竹光江訳の『じぶんでひらく絵本』全四冊などを送り出したら、幸いにも『ミセス』の読者にも迎えられ、全国の図書館員からも支持された。

以来、ロングセラーをねらい絵本を発行してきた。モービル児童文化賞（現・東燃ゼネラル児童文化賞）も、初期から、頼まれて、賞の受賞候補者推薦者の一人としてつとめてきた。

話を五味さんに戻す。

五味さんとの出会いとご縁は文化出版局で刊行した『かくしたのだあれ』『たべたのだあれ』の二冊の絵本である。この二冊が、一九七八年、サンケイ児童文化賞を受賞した。

五味さんはそのあと、四〇〇冊を超える作品を発表。海外でも一八か国以上で翻訳されている。ボローニャ国際絵本原画展賞受賞、『言葉図鑑』(世界でもっとも美しい本賞)、『ときどきの少年』(エッセイ集、路傍の石文学賞)など大活躍されている。

東燃ゼネラル児童文化賞の贈賞式と記念パーティーは二〇一五年九月三十日、ホテルオークラ東京で行われた。

五味さんも、うれしそうだった。少し照れながら、「ほめられることに慣れなければなりません」と賞を受けた壇上でおっしゃっていた。

十一月十六日、恒例の受賞記念公演(於 紀尾井ホール)で、音楽賞受賞の方々の演奏を聴いて帰宅したら、読売新聞夕刊に、「石油業界再編の波――JX、東燃に統合提案――」とあった。「石油元売り最大手のJXホールディングスが、3位の東燃ゼネラル石油に経営統合を提案していることが明らかになった」というのである。

「アブラを売るのもラクじゃないな」と私には思われた。

五味さんは、東燃ゼネラル児童文化賞五十年に、児童文化賞・音楽賞共同のシンボルマークを制作して発表された。

（「悠悠」135　'16・2）

〈蛇足〉

二〇一七年四月のＪＸグループと東燃ゼネラルグループの経営統合を機に、ＪＸＴＧエネルギー株式会社となり、第52回ＪＸＴＧ児童文化賞および第47回ＪＸＴＧ音楽賞の贈賞式は九月二十八日、ホテルオークラ東京にて開催された。

活字への軽減税率適用を

いささか旧聞に属するが、七月一日、東京ビッグサイトで開かれた「第22回東京国際ブックフェア」「第19回国際電子出版ＥＸＰＯ」へ、昨年に続いて行って来たことを記しておきたい。

東京国際ブックフェアへ行くと、日本の出版界の状況がわかるし、世界との交流ぶりの一端を垣間見ることもできる。

電子出版、電子雑誌市場は拡大しているようだが、一般の書籍、雑誌はこのところ振るわず、〝出版不況〟と言われていて案じていた。私の務めていた文化出版局も雑誌、書籍とも苦戦しているようだ。

ブックフェア自体、まずまずの参加者かと思われたが、例年から比べると、ややさびしい状況だった。それに、会場でいただいた業界紙「文化通信」や「新文化」を見て愕然とした。

両紙とも以前は常時読んでいたけれども、久しぶりの紙面に目を疑った。

一面トップで「栗田出版販売が民事再生」「栗田が民事再生申請」と伝えていたからである。栗田出版販売は、一九一八年に創業した現存する日本最古の総合取次である。現在は日本出版販売、トーハン、大阪屋に次ぐ総合取引四位の売上げ規模を持つといわれている。

大手取次店ではないものの、それに次ぐ取次店が、民事再生手続き開始の申し立てを東京地裁に行うようになるとは！　十年連続の減収、経常利益は六年連続で損失となり、約30億円の債務超過に陥っていた、という。総合取次で初の経営破綻である。「今後、大阪屋との経営統合による再生を目指すが、当面は大阪屋が仕入れ、返品業務を代行するほか、再生計画を認可後、経営統合までの期間は日本出版販売グループの出版共同流通がスポンサー候補として支援を表明している」(「文化通信」6月29日号) という。

〝出版不況〟もここまで来たのか。日本は大丈夫か、と思わないではいられなかった。

大手新聞も報じていたのかもしれないが、私は初めて知った。

〝積極的平和主義〟などと日本の首相は言うが、このまま本や雑誌を読まない人が増え続けるようならば、外国の武力によって滅ぶのではなく、内部から日本は滅ぶのではないか、と私は危惧している。本を読まない国はやがて滅びる、と信じている。

私は自分が書籍の出版や雑誌の編集の仕事に従事してきたから申し上げるのではない。

活字文化を疎かにする国民は衰退する可能性が大きい、と言いたいのである。書籍、雑誌だけでなく、新聞も、全部が全部ではないだろうが、部数を減らしているようだ。

活字と活字文化に対する尊崇がなければ、人間もその生活も薄っぺらくなる。そんな国民が多くなれば、国自体が危うくなる。想像力も思考力も衰える。

ところで、現在のような〝本を読まない〟人が増えたのは、編集の企画のせいでもあろうけれども、昨年二〇一四年四月に消費税が８％に引き上げられた影響が大きいと思う。この先、消費税が10％に上がったら、一層、活字離れになる恐れがある。買い控え傾向はますます進むのではないだろうか。

活字への軽減税率適用を、新聞、書籍、雑誌を含めて業界いっしょになって要求していってもらいたい、強く願っている。

「活字への軽減税率適用は、我が国が先進国であり文化国家でもあることの証になります」（「出版ニュース」二〇一五年二月上旬号より、藤井武彦・日本出版取次協会会長の文）

（「悠悠」134　'15・11）

山口小夜子さん

昨年二〇一四年は、たくさんの執筆者の先生や先輩を失った年でもあった。

昨年は、特に服飾の世界で亡くなられた方々が少なくなかった。文化出版局では、私はファッション担当ではなかったけれども、服飾デザイナーの中村乃武夫先生（5／14、89歳。ご著書の『モード屋の目』『モード屋の耳』『モード屋の口』三部作をまとめるお手伝いをさせていただいた。装苑賞の選考でもお世話になった）、水野正夫先生（5／3、85歳。中国・北京でのファッション・ショー取材にごいっしょしていただいた。そのときに同道した『装苑』編集長の秋元澄子さんも既に亡くなられた）、帽子デザイナーの平田暁夫先生（3／19、89歳）……も。が、これ以上挙げるのを止めておく。

ここでは、国内外で大評価された、日本人のファッション・モデルで、舞台や映像のパフォーマンス、朗読にも活躍された山口小夜子《さよこ》さんのことに触れておきたい。

山口小夜子さんが亡くなられたのは、昨年ではなく、二〇〇七年だったが、今年二〇一五年四月十一日~六月二十八日、江東区三好三丁目の東京都現代美術館で「山口小夜子　未来を着る人」という展覧会が開かれたので、五月一日、観てきた。

タイトルには、英文「the Wearist, Clothed in the Future」がついていた。山口小夜子さんは、晩年には「ウエアリスト」と名乗ったという。

小夜子さんの軌跡を写真や映像で、しっかりと振り返る大回顧展であった。杉野ドレスメーカー女学院で学ばれたようだから、ご自分のデザインした作品も展示されていた。

ところで、雑誌『現代詩手帖』のこの六月号は詩人の「高橋睦郎」を大きく特集した。栩《とち》木《ぎ》伸明氏が「小夜子、古い枕、終末の予感――高橋睦郎と死者たちのことば」を書いている。高橋睦郎さんが、山口小夜子さんが死去して四か月後の『現代詩手帖』二〇〇八年一月号に、「小夜曲　サヨコのために」という追悼詩を発表していたことは知らなかった。

だいぶ昔のことになるが、私は山口小夜子さんに太極拳の指導をしたことがある。クラレの人造皮革のテレビコマーシャルで山口小夜子さんに太極拳をやってもらう、ついてはあなたにその指導をやってもらいたい、と当時の文化社（のちの文化出版局書籍編集部長）の早川繁さんに頼まれた。
恵比寿の抱一龕《ほういつがん》道場で稽古に参加していただき、楊名時師家のビデオを持って帰っていただいた。一週間後、成果を見せていただいたら、さすが大モデル、動きは滑らかで、淀みはない。短時間で、これだけ動けるとは、びっくりだった。「転身左蹬脚《ヂュアンシエンズオドンジャオ》」、「左下《ズオシア》勢《シ》独立《ドゥリ》」のあたりが、テレビコマーシャルには見栄えがよいか、と思い、私もいっしょになって、二、三時間動いた。そして、いよいよ本番となった。（私は足が上がらなくなった）
出来上がったコマーシャルは私の予想とは違い、最後の「収《シオウ》勢《シ》」の箇所が使われた。坐禅のように印を結び、深い呼吸で動きを収める箇所である。「皮革《かわ》は呼吸しています」とコメントを添えて。
小夜子さんの第二七回FEC（ファッション・エディターズ・クラブ）賞受賞や、一九八三年三月、文化出版局から『小夜子の魅力学』を上梓したことも書くべきところだが、もう紙数はなくなってしまった。

（「悠悠」133　'15・7）

清水院長、東北大特任教授に

昨年二〇一四年の富士山麓病院関係者にとってのビッグニュースは、病院長の清水允熙（しみずのぶひろ）先生が母校東北大学医学部の特任教授に就任されたことであろう。『富士山麓病院新聞』第一四二号は、『東北大学総長及び医学部長の要請により、清水院長は、十月一日付で東北大学初の特任教授に就任致しました」とトップで伝えている。

以下の文は、第一四三号〈太極悠悠〉32の全文である。

旧臘《きゅうろう》十二月十日、清水先生をお祝いする会が東京・平河町で開かれた。竹田章治先生と佐原義連さんの呼びかけで、高崎の旧友が集まり、懐かしくも楽しいひとときを過ごした。

席上、私は清水允熙先生のお名前を折り込んだお祝いの詩を清水先生にお贈りした。詩としての出来はよいとは言えないが、私なりに心を込めた「詩の贈りもの」である。和紙に墨書すればよかったけれども、書き直し書き直ししているうちに、時間がなくなってしまった。

静岡県御殿場市の認知症治療専門病院として
自ら先頭に立ち認知症の治療・改善に当たり
ずっと昔一九七〇年代から病院一丸となって
望みをかなえようと辛苦しながら努めてきた
文は人なりと言うが医もまた人なりである
人に優しく症例を検討しつつ研究を深め実績を上げてきた
労苦を厭わない医師・清水允熙先生に敬意を表したい

二〇一四年甲午極月拾日
中野　完二

清水允熙　先生に

各行の頭を綴ると、「しみずのぶひろ」となる。院長先生のお名前とお仕事ぶりをご存じない方がおられるかもしれないと思い、そういう方のためのご参考になれば、という〝老爺心〟からの詩でもある。ご笑覧のほどを。

当日は、清水先生のお祝いに兼ねて、私の詩集『へびの耳』の上梓（思潮社刊）を祝ってくださる祝意が込められていた。恐縮である。

『へびの耳』の上梓のことは、前号の〈太極悠悠〉131に記したので、改めて書かないが、この念願の第三詩集は、思潮社の月刊誌『現代詩手帖』編集長・亀岡大助氏が担当してくださった。月刊誌の編集だけでも忙しいのに、よく面倒を見ていただいたと感謝している。『現代詩手帖』十二月号は「現代詩年鑑２０１５」として編集され、「二〇一四年代表詩選」に『へびの耳』から「色即是空」という作品が掲載された。「色即是空」には楊名時先生も登場する。

詩の一部分だけれども、引用させていただく。

あのへびは
亡くなられた
太極拳の師家・楊名時先生が毎朝のようにくださった電話の代わりに
顔を見せてやろうと
この世にお出ましになったのではないか

志を色で見せてくださったのかもしれない

お祝いの会出席者は、清水先生、松下英美・秘書室長、中野のほか、呼びかけの竹田、佐原両氏と三浦郁郎、松本時子、川名康雄、中澤清の諸氏であった。記して、改めて感謝申し上げたい。

（「悠悠」132 '15・3）

石見神楽の「大蛇」

年が新しくなって間もない一月十日、東京・文京区の文京シビックホール小ホールで、島根県西部（石見）の高津川流域都市交流協議会（益田市・吉賀町《よしがちょう》・津和野町）と、東京都文京区の共催で、石見神楽の公演を観ることができた。
石見神楽《いわみかぐら》の「大蛇《おろち》」をずっと観たいと思っていた。出雲で、八岐大蛇《やまたのおろち》を素戔嗚尊《すさのおのみこと》が退治して奇稲田姫《くしなだひめ》を救い、その尾を割いて天叢雲剣《あまのむらくものつるぎ》を得たと伝えられる記紀神話を描く演目である。以前、出雲大社にお参りした折りにも観たいものだと思ったが、その願いは叶わなかった。

ところが、昨秋、偶然、文京区の情報紙「文京アカデミー・スクエア」で、石見神楽の東京公演のお知らせを見つけた。対象は、文京区在住・在勤・在学者とある。私は在勤というのは、はばかれるけれども、文京区湯島の湯島聖堂斯文会《しぶんかい》の健康太極拳講座講師として、往復はがきで申し込んだ。へびを題材に詩を書いています、とも書き添えた。

応募者が多ければ抽選で一五〇名を選ぶとのことだったが、幸運にも、午後の公演の入場整理券が、益田市役所から届いた。


津和野は森鷗外生誕の地であり、文京区は森鷗外終焉の地である。そんなご縁で、文京区と石見地区は、文化交流協定、災害時の協力協定を結んでいるようだ。

当日、舞台から、文京区長、津和野町長のご挨拶があった。江戸時代、津和野藩の下屋敷が今の文京区にあった、とも区長は言われた。

そう言えば、文京区は、へび博士の高田栄一先生がお住まいになっていた地でもある。

私は雑誌『ミセス』の記者のとき鷗外の長女、森茉莉《まり》先生の「異色の芸術家たち」取材のお供をして（取材に加わらせてもらって）、文京区弥生二丁目の、高田栄一先生宅「綺亀喜《ききき》亀窓《きそう》」に伺ったことがある。茉莉先生は、『ミセス』に「蛇の学者、高田栄一氏」を掲載。大倉舜二さんのニシキヘビの写真は、よく撮れていただけに、読者からの評判はよくなかった。

文京区千駄木生まれの森茉莉先生も、高田栄一先生も亡くなられたが、鷗外と文京区とへびとの絆を再確認させてもらったのが、石見神楽「大蛇」の公演であった。

神楽の出演は、島根県鹿足《かのあし》郡吉賀町の白谷神楽社中、演目は「塵輪《じんりん》」と「大蛇《おろち》」の二つ。神楽については、民間の神社の神楽殿の里神楽を少々知るだけで、ほとんど無知だったが、石見神楽の「大蛇」には、びっくりした。約五〇分かけて、たっぷり演じられた。囃子《はやし》も大太鼓、小太鼓、鉦《しょう》、横笛が熱のこもった演奏で、台詞も入った。登場人物も神楽面の下から台詞を「候う」言葉で発した。衣装もすばらしかったが、大は八メートルもあろうかという大小八匹のへびが激しく舞い、からみ合う動きが感動的であった。長い円筒形の蛇体は、竹と石州和紙で形づくり、鱗《うろこ》も腹側、背側と色分けして描き分け、実に丁寧に作られているようだ。中には、中学生から大人まで、それぞれ人が入って、蛇体をまわす。尾は、頭や胴の動きに従って、ずるずると、しかも軽快についてくる。太極拳でやる背骨まわし「甩手《スワイショウ》」を連想させた。

よくぞ伝統芸能の神楽をりっぱに継承し、練り上げてきたものだと感服した。関係者の努力に感謝したい。神を楽しませ、ヒトも楽しませる神楽である。

（「悠悠」129　'14・3）

「あすなろと崔華國《さいかこく》」展

吉野秀雄先生の歌碑が信濃川左岸、新潟の萬代橋近くの「やすらぎ堤」に建立された。七月二十日十一時からの除幕式に参列。そのあと、新潟グランドホテルでの祝賀会に出席した。歌碑に刻まれたのは、師の會津八一先生を悼む挽歌である。

萬代《ばんだい》の橋より夜半の水の面《も》に涙おとしてわが去らむとす

この日、うれしいことが重なった。発起人のおひとり、篠木れい子・群馬県立土屋文明記念文学館館長が、夫君のフランス文学者・篠木平治さんと群馬県館林市から来ていたのだ。篠木平治さんは、私の大学の同級生である。その晩、三人で新潟の居酒屋で小酌し、楽しいひとときを過ごした。

篠木れい子館長は、土屋文明記念文学館で七月から開いている「名曲茶房あすなろと崔華《さいか》國《こく》」という企画展の話をされた。「あすなろと崔華國」さんなら、私にもつながりがある。〈「あすなろ」は、後に70歳でH氏賞を受賞する崔華國が、一九五七年から四半世紀にわたって営んだ名曲喫茶。音楽・文学の文学的サロンと言うべきでしょうか。群馬の文化の拠点として果たした功績は計り知れません〉と企画展図録に館長はお書きになっている。

崔さん（日本名・志賀郁夫さん）を高崎に呼び寄せたのは、映画「ここに泉あり」の力だった。

この企画展をやっている間に土屋文明記念文学館へ行こうと九月九日、本紙でおなじみの畏友・内藤真治さんを誘って文学館へ行った。篠木館長が親切にご案内し、接待してくださった。

昔、〈太極悠悠〉76で「あすなろ報」に載った詩という文を書いたことがある、とそのコピーをお見せしたら、あすなろで発行していたタブロイド判二ページの「あすなろ報」を館員の方が探して、コピーをとってくださった。

昭和三十七年十一月五日発行の「あすなろ報」第41号の「あすなろ歳時記」欄だった。

霜《しも》　月《づき》　　　　野中　完

日だまりの
綿菓子ヤが
爆発しては　いけない
夢が飛びちる
風が吹いてくる

という短詩である。

志賀さんが、「この一篇を待ち続けて、あすなろ歳時記は三年五か月の歳月が空しくなかった。詩稿を手にして思わず、〃これだ〃と叫ばずにはいられない珠玉の一篇であった。……詩を創る歓びにもまして詩を発見する歓びも決して小さなものではない」とベタぼめの賛辞を贈ってくださった。「詩を探すことのなんたるたのしさ。編集部では早速採用の通知とともに稿料二千円を送った」とも書かれている。

掲載紙が手許になかったから、私が初めて詩でいただいた原稿料は、ずっと三千円だと思っていた。今の価値なら、三万円かなどと人様にも話したことがある。

この詩は、私の第一詩集『へび』に収めてあるが、題は「霜月」を、「十一月」に変えた。

半身の写真も載っていて、現在「新苑」同人、『装苑』編集部勤務と説明がつけられていた。「野中 完」のペンネームはひんぱんには使わなかったけれども、一気に半世紀前に若返ったようにも感じられた。

篠木さんご夫妻、内藤大兄と高崎駅の近くで、うれしいお酒を飲んで帰京した。

（「悠悠」128 '13・11）

〈蛇足〉

本書五八ページの「あすなろ報」に載った詩をご参照のほどを。

高崎南中学卒業60年

私は、新潟県柏崎市立第一中学校二年を終えてから、群馬県高崎市立南中学校三年に転じた。

越後と上州では、風土も人々の気質もかなり違った。

空《から》っ風に負けないように話すためか、上州では日常の会話がどなっているように感じられた。越後では雪の降る冬場は、とくに口を大きく開けないで、省エネ型で話す子どもや大人が多かった。口の中で音がくぐもる、という傾向があった。

(そんな伝統が身につき後年、太極拳を指導する立場に立ったとき、私の声は通らず、聞こえにくい、とよく言われた。よく言われた、と過去形で書いたが、未だに続いている)

歌を歌うときだけは、口をできるだけ大きく開け、声も遠くに届くように努めているつもりではあるけれども、思うにまかせない。歌の歌詞の内容を汲みとり、想像力を働かせようとはするが、声を通して表現しようとするのは、たいへん難しい。

南中を卒業したのは、一九五二（昭和二十七）年三月だった。今年は卒業後六十年になるというので、内藤真治さんはじめ幹事役の方々が相談して、五月八日（火）～九日（水）に、草津温泉のホテル櫻井に一泊しようということになった。

五月八日、大型貸切りバス出発の午後一時には、高崎南小学校前に懐かしい顔ぶれが揃った。懐かしいとは言っても、私は南中には一年間しかいなかったのだし、中学卒業以来初めて顔を合わせる人もいるし、とくに女性は名前を思い出せない人もいた。四十八名の後期高齢者になった男女は、姿形は昔とは違うものの、話しはじめると、六十年が急速に縮まり、みんなかなり冗舌になった。

ホテルには、清水允熙院長もお忙しいなかを出席してくださり、健康と長寿にかかわる有益なお話をしてくださった。

翌朝は、湯畑まで同室の川名康雄、富田史郎、佐原義連さんたちと散策した。

草津を訪れた人名を湯畑のまわりを囲む石に刻んだ中に、吉野秀雄先生のお名前も見つけた。

あとで、内藤さんに教えられたのだが、古久長旅館の脇にある草津節発祥の地碑を訪ねそこねた。内藤さんによれば、草津節の歌詞は、明治時代の前橋市出身（早稲田大学高等師範部国漢科卒）の詩人・小説家、平井晩村（一八八四〜一九一九）の作らしい。群馬県立前橋高等学校校歌も晩村の作。

〽草津よいとこ　一度はおいで

（ア　ドッコイショ）

お湯の中にもコーリャ　花が咲くヨ（チョイナ　チョイナ）

で始まるご存知の歌、草津節の誕生に晩村がかかわっていたことは知らなかった。民謡詩人としても多くの作品を残したようだ。北原白秋の多彩さを思わないではいられない。

内藤さんの肝煎りで、りっぱな旅館に格安の値段で泊めてもらい、たくさんの交流をした。南中時代の文集『南星』に、私が生まれて初めて書いた詩が載っているのも、内藤の真ちゃんは見せてくれた。

「越後に生まれたからには　越後の魂があるはずだ」

などの句を織りこんだ、自分を鼓舞するような詩であった。

帰りもバスは南小学校まで送ってくれたので、南小学校隣の高崎市美術館で開かれている昔、「福田繁雄展」を見た。とても充実していた。一階は庭から旧井上房一郎邸に通じていて、昔、井上邸にお邪魔したときのことを思い出した。福田さんには文化出版局のときお世話になった。

（「悠悠」125　'12・9）

トミー・ウンゲラー

国際アンデルセン賞画家賞受賞のトミー・ウンゲラー作、拙訳の絵本『へびのクリクター』は、一九七四年三月、文化出版局から日本語版が刊行されて以来、たくさんの人に愛され続けている本である。二〇〇〇年九月には第五八刷が出て通算発行部数も二〇万部を大きく超した。

全国学校図書館協議会・選定の「よい絵本」の一冊に、第一回から選ばれていることも売れている一因ではあろうけれども、やはり絵本自体のすばらしさが人々を魅きつけるのであろう。

訳者としても、『へびのクリクター』が読まれるのは、へびに対する偏見の継承を、この絵本が断ってくれるようにも思われて、まことにうれしく、意義深いことと思っている。

日本だけでなく、この絵本は、一九五八年、アメリカでの初版発行以来、世界中で何か国語版も出されているようである。

その作者、ウンゲラーさんが、今年二月初来日した。私も初めてお目にかかった。

板橋区立美術館と朝日新聞社の主催で、二月二十四日～三月二十五日、板橋区立美術館で、「トミ・ウンゲラーの仕事」という展覧会が開かれ、ウンゲラーさんも招待されたのである。(五月三日～六月十日、愛知県刈谷市美術館で、刈谷市・刈谷市教育委員会・刈谷市美術館・朝日新聞社の主催で巡回展が開かれる)

ウンゲラーが故郷、北フランス、アルザスのストラスブール市に寄贈した数千点に及ぶ作品の中から選んだ絵本、ポスター、彫刻作品など約一八〇点を紹介する、日本で初めての本格的な回顧展を、日本で見られるとは、なんと幸せなことだろう。「ストラスブール市コレクションによる」とサブ・タイトルがついているが、ストラスブール市は市立トミ・ウンゲラー・センターを設けて、一般公開を準備中で、近く美術館を設立する予定とのこと。『クリクター』の原画はなかったが、『キスなんてだいきらい』(一九七四年、文化出版局から日本語版発行)などの原画や、一九四〇年のスケッチ「隣りの人が捕まった」などを見ることができた。

「一九三九年、第二次世界大戦勃発、翌年にはアルザス地方はドイツ軍に占領され、ナチの教化が始まります」と「図録」に板橋区立美術館学芸員の松岡希代子さんが書いている。父を亡くし、ナチ支配下のつらい少年時代をアルザスで過ごしたことが、その後の多彩な活躍をする芸術家の原点になっているようだ。

現在はアイルランドに住む彼は、よく子どもたちをストラスブールに連れて行き、戦争を記念する施設を訪れると言っていた。

「図録」も綿密、丁寧な編集で、一九八二年に光村図書の『飛ぶ教室』に書いた私の「作家カタログ／ウンゲラー」も参考文献にあげられていて、びっくりした。『芸術新潮』四月号の小特集もよかった。

二月二十五日、板橋美術館での五味太郎さんがウンゲラーに聴く企画は、都合で聞けなかったけれども、翌日、出版クラブで開かれた日本国際児童図書評議会による囲む会でお会いしたのだった。

長身、白髪で、右手に杖をついていた。背中を痛めているとのこと。だいぶお疲れのようで、翌朝早い飛行機で帰るので、囲む会もあっという間に時間切れになったが、赤ワインをよく飲みながら、彼は反ナチを語り、人種問題、社会問題を率直、真剣に話した。写真を撮ってもらったのもよい記念になった。

巳年がウンゲラーと会わせてくれたのかもしれない。春から縁起がよい、と喜んでいる。

（「悠悠」81　'01・5）

〈蛇足〉

トミー・ウンゲラー作、拙訳の絵本『へびのクリクター』は、二〇一七年六月一日、第84刷となっている。日本語訳は通算三〇万部を優に超えている。

トミー・ウンゲラーさん（左）と中野完二。撮影・松田牧子

「あすなろ報」に載った詩

『上州風《じょうしゅうふう》』という雑誌がある。この雑誌のことは知らなかったが、第二号（三月三十一日、上毛新聞社発行）で「あすなろと群馬交響楽団」を特集しているというので高崎の兄が送ってくれた。とてもよく出来ている雑誌なので、昨年十一月下旬発行の創刊号も送ってもらった。こちらは「特集　波宜亭先生――朔太郎のいる風景」だった。ともに定価は八四〇円。

〝群馬の新しい文化誌〟として、「群馬の歴史、風土、芸術から暮らしまで、地域に根ざした多様な文化的資源を見つめ直し、その豊かさ、奥深さを新鮮な切り口で紹介する」季刊誌とうたわれている。その視点と掘り下げがよく、目配りのきいた、充実した編集で、レイアウトもA４変形判をフルに活かしている。印刷もいい。

文化出版局の『季刊　銀花』を連想した。

ただく。

「あすなろ」は、かつて高崎にあった喫茶店だが、その説明を『上州風』から引用させていただく。

一九五五年二月、群馬交響楽団草創期の団員をモデルにした映画「ここに泉あり」（今井正監督）が封切られた。

栃木県足利市に住んでいた在日韓国人の崔華國《さいかこく》さん（日本名・志賀郁夫、一九一五～九七）は、この映画に感動し、次の日には、群響の拠点である高崎市に駆け付けた。そしてすぐにこの地で自らの夢を実現させる場をつくる決意をした。五七年二月、クラシック喫茶「あすなろ」が高崎市本町《もとまち》に誕生した。……

「郷土を美しい詩と音楽で埋めましょう」そんな合言葉を掲げて、あすなろは、喫茶店としては全国でも例のない多彩な活動を展開した。特設ステージで行われた群馬交響楽団員らによる「生の音楽の夕べ」は二百六十回続いた。六一年からの「詩の朗読の夕べ」は百四十回に及び、会田綱雄、嵯峨信之、茨木のり子、石垣りん、吉原幸子、谷川俊太郎、金子光晴、石原吉郎ら、時代を先導する多くの詩人たちが詩を朗読した。月一回発行したタブロイド判二ページの新聞「あすなろ報」は、文学、音楽、絵画など芸術文化の情報交差点として機能した。

この「あすなろ報」に詩を載せたことがある。大学を卒業して間もない頃のことだ。

十一月
日だまりの
綿菓子ヤが
爆発しては　いけない
夢が飛びちる
風が吹いてくる

という短い作品で、東京から送ったら、こういう詩を待っていたなどと志賀さんがほめてくれて掲載し、原稿料三千円を送ってくださった。もう四十年近くも前のことだが、その掲載紙を探したけれども見つからないので、正確な日付はわからない。

ただ、詩でいただいた初めての原稿料は、詩人の鳥見迅彦さんがその詩を評価していらしゃる、と勤め先の編集部の先輩から聞いたことと合わせ、うれしかった。『上州風』第二号には、一九六六年六月十八、十九日に神津牧場で志賀さんのお声がかりで開かれた「詩人とつどう会」について、詩人の磯村英樹さんがお書きになっている。参加詩人の中に「野中 完」とあるのは、当時の私のペンネームである。私も志賀さんから誘われたが、実は都合で参加できなかった。ここに参加していれば、西脇順三郎、会田綱雄、山本太郎、田村隆一さんたちと楽しい交流のひとときを持てたであろうに、と改めて残念に思った。

人生は、出会いとご縁である。

崔華國さんは特集『猫談義』で昭和六十年度H氏賞を受賞された。

（「悠悠」76　'00・7）

『太極』第二〇〇号と私

一九七五（昭和五十）年一月一日に、楊名時八段錦・太極拳友好会発足。その年四月より、名古屋の健康と長寿の会発行の月刊誌『健康と長寿』（発行人・吉田誠三先生）を機関誌としていくことになりました。今の機関誌『太極』の前身にあたります。B6判六四ページのうち、最初は〈太極拳のページ〉は四、五ページでしたが、のちには一〇ページほど割いていただきました。この状況は、一九八一（昭和五十六）年七月まで続き、〈太極拳

2016年3月26日、第17回太極拳祭で。於東京・台東リバーサイドスポーツセンター体育館。75歳以上の方々と役員。撮影・服部 隆

のページ〉は七〇回掲載され、別に新春随想、緑陰随想特集号にも楊名時先生はご登場になりました。

機関誌『太極』の創刊は、一九七七（昭和五十二）年九月三十日でした。第三回総会を中心に、夏期合宿の様子や会員の声も載せ、本部事務所兼稽古場設置のための基金の募集状況も報告しました。

『太極』が現在のように、隔月刊で、奇数月二十五日に年六回定期発行になるのは、一九八二（昭和五十七）年一月発行の『太極』第一二号からです。

詳しくは、『楊名時太極拳五十年史』をご覧いただきたいと存じます。

『健康と長寿』の時代から機関誌の編集に携わるように、師家・楊名時先生から仰せつけられ、私は不束《ふつつか》ながら、毎号毎号、編集と制作に打ち込んでまいりました。その『太極』もいつの間にか第二〇〇号とは！　個人的には、たいへん感慨深いものがございます。

文化出版局の編集者として忙しい生活をしておりましたので、『太極』の編集は、帰宅してから夜中に自宅ででした。一晩に四ページほどしか進まず、調子が出てくると、就寝は午前一時、二時頃になることもよくありました。翌朝また早く出勤しなければなりませんでしたから、慢性の睡眠不足だったと思います。時間との闘いでもありますから、ストレスもかかります。

二〇〇三年五月、くも膜下出血で意識不明になって倒れたのも、そんな積み重ねがあったためかと思われます。

幸い九死に一生を得て、六月下旬に退院しましたが、今も後遺症は全くなく、元気にしていられるのは、太極拳を長くやってきたからに違いないと確信しております。

退院後、その年の七月二十五日発行の『太極』第一四一号の編集が待っていて、状況把握も充分できないまま編集作業にかからなければいけなかったのは、とても辛かったことも思い出されます。

生かされたから、楊名時先生著の『傘寿記念〈太極〉巻頭文集』や『楊名時太極拳五十年史』もまとめさせていただくことができました。

楊名時先生、楊進先生、楊慧先生のお励まし、ご指導のお蔭、多くの役員、師範、指導者の方々のご支援の賜物であります。改めて心からの感謝を捧げたいと思います。


ところで『太極』に、私は〈心に残る言葉〉というコラムを書かせていただいていますが、その㉑に、詩人の高田敏子先生（一九一四〜八九）の文を引いたことがあります。

「野火の会」を結成、雑誌『野火』を創刊して、刊行を続けてこられ、第一二〇号の折りの言葉です。〈『野火』一二〇号、満二十年となりました。……　この二十年は、私の生涯の総てのようにさえ思えます。この二十年、一日、半日として野火を忘れて過ぎた日はありません〉

「一日、半日として忘れて過ぎた日がないという点では、楊名時先生が、日本で太極拳を指導されるようになってからの日々を、特に友好会を作られて以来の、密度の濃い毎日を連想せずにはいられない」

と私は書きましたが、『太極』と私の関係も、絶えず頭から離れなかった日々の連続でした。

改めて、『太極』をご支援くださった、すべての皆さまに感謝し、これからも山岸壮吉編集長、広報・機関誌委員会を中心に、盛り上げていっていただきたい、と願っております。

最後になりましたが、『太極』創刊時から、親身になって印刷・製本に努めてくださった株式会社北斗協会の阪根義和社長、故人になられた阪根顕江前社長にも御礼を申し上げます。そして、家族にも感謝したいと思います。


（「太極」第200号　'13・5）


〈蛇足〉

山岸壮吉編集長は、第225号（二〇一七年七月二十五日号）で、「編集人を辞任いたしました」

と表明されました。一三年前の第148号から編集に参加され、六年前に編集人に就任、第224号まで編集を担当してくださいました。体調が勝れないとのこと、長い間ご苦労さまでした。ありがとうございました。

『〈太極〉巻頭文集』を熟読してください

昨年二〇〇六年十月十四日（土）、東京都中野区立中野体育館で開かれた第十八回秋の指導者研修・審査会で冒頭の挨拶をするように言われて、私は、全国から集まった大勢の指導者の方々に、師家・楊名時先生のお心、お志をしっかり受けとめて、同心協力してこれからも進んでいきたいと申し上げた。「楊名時先生のお心、お志を受けとめ、理解するうえでお役に立つと思うのが、楊名時先生著の『〈太極〉巻頭文集』だと思います」とも申し上げた。

　この『文集』は、私が編纂にあたったので、「まだお読みになっていない方は、ぜひお読みください。それも一読ではなく、精読、熟読してください」と、

編者が申し上げるのは、少しはばかれる感もあったが、きっと得るところが多いのではないかと信じていたから、素直に発言させていただいた。

当日は、支部長会議もあり、支部長さんも大勢参加されていたのだが、支部会報に書かれた、秋の指導者研修・審査会報告の中で、『〈太極〉巻頭文集』についての私の発言に触れていらっしゃる支部長さんも複数おられた。『文集』の「あとがき」で私は書いた。

〈「健康・友好・平和（和平）」を目ざして、楊名時八段錦・太極拳というすぐれた文化運動、心と体を養う哲学・芸術を含んだ総合文化運動を、日本に紹介し、普及された大恩人、楊名時先生が、数々の困難や何回もの大手術を乗り越えられて、お元気で傘寿をお迎えになられるのは、門下生としてもまことに喜ばしい限りである。

楊名時先生は、機関誌『太極』の巻頭に、毎回、宝物のような文をお書きくださった。その中で、楊名時八段錦・太極拳友好会、日本健康太極拳協会を通じて、和をたいせつに、同心協力、継続は力なり、などと私どもに繰り返し、指針を与え、励ましてくださり、楊名時太極拳の心を詳細に説いてくださっている。この巻頭文は、私どもの学習や指導の柱、基本になっている〉

〈本書には、太極拳をめぐる日常、願い、夢、抱負、苦悩……といったさまざまなことが、如実に、率直に、具体的に綴られている。後世に伝えるべき宝物のような文集になっている

のではないか、と自負している〉

『〈太極〉巻頭文集』は、二〇〇四年十月九日に開かれる師家・楊名時先生の傘寿祝賀会を記念して、『太極』の巻頭文を集めて一冊の本にしたい、という企画に従い、『太極』掲載時から関わっている私が編集の任に当った。

一冊にすべて収めるとなると分厚くなりすぎる。歳月を積み重ねた膨大な分量から一冊の本にするための原稿に絞るのは、たいへん難事業で、収録したくてもしきれない文も少なくなかった。傘寿祝賀会に間に合わせなくてはならないという時間的な制約もあった。

結局、四六判上製、口絵四ページ、本文四〇〇ページの大冊が、祝賀会に間に合って、ほっとしたことを今も覚えている。

太極拳の同学のベテラン校正者、水上信子さんと、山下由利子師範に格別なご尽力をいただいた。株式会社文化カラー印刷の皆様にも大層お世話になった。

楊名時先生にも喜んでいただだいた。

〈楊名時太極拳の「心」をこの文集から汲みとっていただきたい。そして、その「心」を今に活かし、未来につないでいっていただきたい、と心より願っている〉

と、楊名時先生も「まえがき」でお書きになっていた。

今、改めて、『〈太極〉巻頭文集』を熟読していただきたい、と願っている。

（日本健康太極拳協会発行、頒価三〇〇〇円＋税）である。

ところで、『〈太極〉巻頭文集』に収めきれなかった楊名時先生の巻頭文を、これからしばらくの間、『太極』でご紹介していきたい。話し言葉の文が多いはずだが、文を活かしながら二ページ程度に短縮して掲載したい。


（「太極」第163号　'07・3）


〈蛇足〉

楊名時先生著『〈太極〉巻頭文集』（日本健康太極拳協会発行）は、二〇一七年七月二十五日発行の『太極』第二二五号でお知らせしましたが、現在、在庫切れ、取扱いしていません。重版の予定も未定です。

また、『太極』に、『〈太極〉巻頭文集』未収録巻頭文を、六十五回にわたって掲載しましたが、二〇一七年九月二十五日発行の『太極』第二二六号で終わります。

楊名時先生の新刊『幸せを呼ぶ 楊名時八段錦・太極拳』

楊名時八段錦・太極拳師家・楊名時先生の全快とお誕生日をお祝いし、楊名時太極拳のますますの充実発展を期して、楊名時先生の新刊『幸せを呼ぶ楊名時八段錦・太極拳』が、海竜社から上梓されました。

本の構成は、ふだん教室で行われているように、稽古のカリキュラムに従っています。

「はじめに」「楊名時八段錦・太極拳五則」「稽古のポイント」「楊名時八段錦・太極拳の呼吸法」の解説のあと、

「挨拶」

「立禅」

「甩手」

とページを改めながら展開していきます。そして教室での稽古と同様に、

「八段錦《はちだんにしき》〔前半〕」

を第一段錦から第四段錦まで四ページずつ使って詳説されています。

続くメインの「楊名時気功太極拳24式」は一〇〇ページを使っています。

休憩の間に「稽古要諦」の術語を学ぶことができるように、一回二つの要諦が一二回分一ページずつ解説されています。

「八段錦〔後半〕」

は、第五段錦から第八段錦の解説ですが、第五段錦に八ページ、第七段錦に六ページを使っているのは、うれしい配慮です。

そして、「立禅」「甩手」のあと「謝謝」「再見」の挨拶のところまで、きちんと締めています。

「楊名時八段錦・太極拳の型の中国語の読み方」もローマ字表記とカタカナ表記でついています。

教室で指導する先生には、とくに参考にしていただけるのではないかと思います。

また、この本は、ご快復された楊名時先生がお元気に演舞されている写真と、イラストの組み合わせの形で解説しています。「ポイント」として注意すべきことを端的に示していますし、時には、手足の動きを囲み記事のように図解しております。

楊名時八段錦・太極拳を学ぶ人にとっても親しみやすく、わかりやすくなっていると思われます。

この本の編集・出版に情熱を傾けられた海竜社社長・下村のぶ子師範の情熱が伝わってまいりますし、協力された渋谷麻紗、楊慧、江頭祐子、今井治、市川壽子の各師範はじめ、ＡＣＣ師範科の先生方の経験と英知がこの本に集められている、と思われました。「決定版」と下村社長が名づけているのもよくわかります。

楊名時先生のご著書には、どの本にもその本の良さがあります。今度の新しいご著書もどうぞ熟読してくださり、ご愛用くださいますよう。きっと新しい発見や、確認が得られることと信じております。

書店でお求めください。また、事務局でも扱っておりますので、ご利用ください。

イラストレーションは、佐藤喜一氏。

写真は、鷹野晃・杉本剛志氏。

Ａ５判で本文はモノクローム一七六ページ。カバーと扉はカラー。海竜社刊。定価（本体一四二九円＋税）。

（「太極」第119号 '99・11）

楊名時太極拳の魅力

だから私は………おすすめします

日本健康太極拳協会（旧・楊名時八段錦・太極拳友好会）の機関誌『太極』にて、「だから、私は楊名時太極拳をおすすめします」という原稿が募集されました。

その「募集要項」には、

〈楊名時太極拳をまだご存知ない方に向けて、キャッチコピー（キャッチフレーズ）を募集いたします。「……だから、私は楊名時太極拳をおすすめします」の「……」の部分を原稿用紙で一〇〇字（以内）にまとめたものを事務局あてにお送りください。楊名時太極拳の良さ、魅力を、ご自分の経験をもとに、できるだけご自分の言葉で、お誘いするように綴ってみてください。採用者には記念品をさしあげます。広報・機関誌委員会〉とあります。
採用された原稿が『太極』に載った最初は茶木登茂一師範（東京都）の次の作品でした。

「だから、私は楊名時太極拳をおすすめします」　発表①

ゆっくり動くからいい。
ちょっと難しいからいい。
競わないからいい。
いつでもどこでも出来るからいい。
仲良くなれるからいい。
なんといっても気持ちがいい。
「だから、私は楊名時太極拳をおすすめします」　茶木　登茂一

（「太極」第165号　'07・7・25）

以下、㉚回近くまで発表が続きました。

このキャッチコピーがどの程度効果を上げたか、わかりませんけれども、こうした試みで、

楊名時太極拳をどう把え、どうおすすめしたらよいか確認し合う気運が盛り上がったのではないか、と思います。

もとより、楊名時太極拳の良さ、魅力をどう把え、どう受けとめるかはそれぞれの方の自由です。しかし、会員が一体となって楊名時太極拳の魅力を確認しつつ、模索していった努力を積み重ねてきたのがよい結果を少しずつ生み出していると言ってよいでしょう。

楊名時先生を師家に仰いでいる良さ

師家・楊名時先生著『新装版太極拳――健康は日々の積み重ねが大切』は、今年二〇一七年六月一日に第一八刷が発行されました。その原点と言うべき『太極拳――中国八億人民の健康体操』『改訂版太極拳――より多くの人の健康のために』から数えますと、通算三十数万部を超えるような発行部数になっているのではないか、と思います。いずれも文化出版局の発行です。

判型も新書判で、『太極拳』『改訂版太極拳』『新装版太極拳』と変わらない判型ですけれども、内容は、写真を新しくしたり、よりわかりやすくしたり……と著者の楊名時先生に、ご相談しながら、小さな修正を加えながら、充実させていきました。当初から、文化出版局の編集を担当させていただいた私にとりましても、感慨深いものがございます。大勢の皆さまから長く愛好されてきたことを喜んでおります。

楊名時先生は、日本の太極拳愛好人口が、ほとんどゼロか、二〇〇人か三〇〇人ぐらいしかいない一九七〇年代から、日本の太極拳人口が一〇〇万人と言われるような今日まで、種蒔きから、苗を育て、成長を見届けるまで、楊名時先生おひとりで、誠意をもって、愛情をもって、献身的に指導・普及の活動をしてくださいました。

「小さい頃から日本が好きで日本語を二年ぐらい勉強。留学生として日本に来て、旧制高校から、京大法学部へ進学。中国での内戦も始まり、京大卒業後は東京へ。東京中華学校の校長に就任。

台湾と中国大陸派との対立が学校に影響を及ぼすようになり、辞任。

この間に、中山正敏先生に空手を、三船久蔵先生に柔道を習い、太極拳は一九六〇年頃から教え始めた。合気道も学んだ。

太極拳も空手も続けることが大切。長く稽古をすると、小さな力で大きな力に勝つことができる。一人の宮本武蔵より一万人の健康がより世界のためになる。太極拳という芸術を楽しむ。芸の中で遊ぶ。人間は健康が一番。人と仲よく、和を大事に。自分も極めたわけではない。生きている間、努力していきたい。全国の教室を支えているのは、全国の師範の先生方です。皆の力で城になる。太極拳の魅力で人が集まってくる」。

（「太極」第109号 '98・3・25）

楊名時太極拳の目ざすもの

楊名時太極拳は、師家が日本に指導・普及された初期の頃から、健康を大切にしたい、健康でなければ志があっても志を活かせないと、「健康・友好・平和（中国語では和平）」を目ざしています。はるかな大目標ですが、私は何か判断に迷ったとき、「健康・友好・平和」を判断基準にすれば、大きな間違いはないと信じています。

無過不及の程のよさ

だいぶ昔のことになりますが、二〇〇八年三月三十一日、奈良県支部「指導者研修会」にお招きを受け、奈良公園にある新公会堂へ行ってまいりました。

講話の題は「無過不及の程の良さ」でした。

太極拳に関する名著『太極拳経』の中には、頭のほうに、「……無過不及、随曲就伸」とあります。過ぎること及ばざること無く、曲《きょく》に随《したが》い、伸《しん》に就《つ》く」とは、過ぎること、及ばないことは、いずれも適当でない。バランスのとれた「合」の状態を保つためには、相手が曲げればそれに逆らうことなく、すぐさま伸ばすことがたいせつ。と師家、楊名時先生はその著『太極拳のゆとり』（文化出版局刊）で解説されています。

「無過不及の程のよさ」と言えば、「中庸」がすぐに思い浮かびます。『中庸』は、儒教の四書の一つで、中庸の徳と、徳の道とを強調した儒教の総合的解説書です。

中庸とは、かたよらず、常にかわらないこと、不偏不倚で、過不及のないことです。

まさに、『太極拳』で示される無過不及の理論の中に、儒教の思想が反映されております。『論語』に由来し、巻第六　先進第十一には、子貢が、孔子様に、「師《し》（子張）と商《しょう》（子夏）とではどちらがすぐれていますか」とおたずねする箇所があります。「師や過ぎたり、商や及ばず」と孔子様は言われたので、「それでは師がまさっているのですか」とお聞きすると、孔子様は「過ぎたるはなお及ばざるがごとし」とおっしゃった。行き過ぎは行き足りないのと同じようなものだの意味です。

「過猶不及」は、中国語では guò yóu bùjí（グオ　ヨウ　プージー）と発音し、今でも通用しているそうです。（村山吉廣先生『論語のことば』斯文会・発行　明徳出版社・発売）（ちなみに、中国の簡体字では、「過猶不及」を「过犹不及」と綴るようです。ご参考までに）

〈中国社会が重んずるのは「中庸《ちゆうよう》の徳」である。「庸」とは「常」、訓では「つね」である。『中庸』は英語ではふつう“The Doctrine of the Mean”と訳される。Mean とは moderate（程がよい）ということである〉（村山吉廣先生『論語のことば』）

中庸とは、足して二で割った値というより、常に調和がとれていること、行きすぎや不足がないことを願ってきた「程のよさ」だったのです。

儒教、道教、仏教の教えが混然として、太極拳を支えている、と言われますが、中庸については、儒教とのつながりが色濃く出ているようです。

私も太極拳の教室で、単鞭の動きのところなどで、伸ばしすぎないように言い、へびも伸びきったへびは鳥にねらわれやすいと説明したりしています。

単鞭は右手、左手を一本の鞭のように動かしますが、一本の鞭は、一匹のへびととらえるとわかりやすいかと思います。右手の鉤手は手首を高くして上げます。遠くから見ると、鶴の頭のようですから、「鶴頭《かくとう》」という手首を使った打ち方を連想します。決して格闘技ではありません。

話を、奈良県支部指導者研修会に戻します。

当日、講話の「無過不及の程のよさ」に関連して、「無過不及」をキーワードとして、楊名時太極拳の良さを整理して、理解してはいかがでしょうか、とご提案させていただきました。

中庸には、「その場、その場に、最も適切、妥当なこと」という意味がある、それと楊名時太極拳をどう把えるか、理解するか。自分が充分理解していないことを提案するとは！

しかし、自分でも、不充分なので、こんなふうに考えているのですが……と皆さまにお示しするのがよいのではないか、と考え、次の六項目について話をさせていただきました。

楊名時太極拳の良さ六項目

1．カリキュラム構成

教室によって、一時間半の教室もあり、一時間の教室もあり、稽古の進め方や、時間のとり方は、教室によって工夫が加えられたりしているかもしれませんが、協会全体のカリキュラムがございます。

①挨拶「ニイハオ（こんにちは）」と心を込めてご挨拶をします。
②立禅《りつぜん》
③甩手《スワイショウ》

④八段錦前半　第一段錦《にしき》から第四段錦まで
⑤太極拳二十四式
⑥部分稽古　二つずつ
⑦休憩の間に「稽古要話」「指導者十訓」を話します。
⑧八段錦の後半　第五段錦から第八段錦まで
⑨立禅
⑩甩手
⑪挨拶　「謝謝（シィエシィエ）」（ありがとう）
「再見（ツァイジェン）」（さようなら、またお会いしましょう）と心を込めてご挨拶します。

とくに、立禅、甩手と、八段錦、太極拳二十四式を組みあわせたカリキュラムがすばらしいと思います。八段錦は、だれでもすぐに覚えられ、動きやすい八つの医療体術です。

2．時間的配分

年齢構成や体調に応じて、基本のカリキュラムを調整することもできます。あまり長時間動くと疲れますし、稽古を続けにくくなります。

3. 運動量

年齢構成や体力に合わせることが必要になります。

4. 内外相合

内は内面、心。外は動き、技。心・息・動を一つにするように心がけ、呼吸を大切にしながら教室を盛りたてるとよいでしょう。

5. 火候適度

気功で言っている火かげんのこと。熱意が継続できるように、教室の指導者の先生は、愛情をもって、参加者全員に気くばりをするようにしたいものです。あせらずに。

6. 復元力

八段錦、太極拳を稽古していても、体調を崩すこともあります。けれども、八段錦、太極拳を稽古していれば（あるいは無理なく、動いていれば）自然治癒力が働き、やがて病いや痛みを柔らげたり、回復ができます。

Ⅱ

2016 年 11 月 13 日、神代植物公園での野外合同太極拳のあと、深大寺「雀のお宿」で懇親会。撮影・服部 隆

天籟

太極拳をするときの音楽の是非について、時折、質問されることがある。

師家・楊名時先生は、音楽なしが常であった。私も基本的には師のお考えに賛成である。

ただ、ふだんの教室とは違って、会場が大きな広い体育館で、おおぜいの同学たちと合同表演をするような場合には、音楽があるほうが動きの始まりと終わりをそれとなく知らせたり、統一感や全体の気やムードを高めるのに、太極拳の動きを滑らかにし、よりよい効果をもたらすように、私には思われる。

（これは、私個人の経験に基づく意見で、日本健康太極拳協会の総意というわけではない）。

ただ、音楽といっても、ゆっくりとしたＢＧＭとして使われていること。音楽に含まれる言葉や音自体が強く意味を伝えたり、動きを指示するものではなく、雰囲気づくり、テンポを揃えるのに役立つ、ゆっくりしたものなら、よいことではないか、と考えている。

ところで、かつて関西総支部長をされ、京都、大阪、奈良、岐阜などで、精力的に楊名時太極拳を指導なさった野村貞三先生は、残念ながら、一九九六年六月十一日に逝去されたが、よく「天籟《てんらい》」(自然の音)を聞くことが「地籟《ちらい》」(地上の音)や「人籟《じんらい》」(人の吹き鳴らす笛や尺八などの鳴り物)よりたいせつだと力説されていたことが思い出される。「天籟」を天からの調べとして感じとろう、という私どもへの呼びかけでもあったろう。

豊かな大自然の中で、太極拳をしながら、大自然からいただく音、声、色、姿を喜びとし、それに対応しているこころと身体の反応を聞きとり、五感すべてを鋭敏にして、注意深く受けとめながら動くとよい、という教えでもあろう。

大宇宙との和を損ねたり、乱すようならば、音楽なしがよい。

楊進先生、楊慧先生による師範審査は、音楽なしである。

(「太極ふくしま」第33号 '17・4・1)

疾走する白馬、月日

福島県支部・小幡紘夫支部長から支部会報『太極ふくしま』に原稿を寄せるように、と速達をいただいた。ただ、茨城県大子町《だいごまち》「やみぞ」で開かれる私どもの第三十四回夏期合宿まで四日しかなく、その準備もあって時間がない。それでも、すぐに書いて合宿でお渡しできればと思い、努力したが無理だった。

そう言えば、ＮＨＫラジオの中国語講座を聴いていたら、中国語には「馬上《マーシャン》」という副詞があるという。「馬上」は、「すぐに」「直ちに」という意味で、副詞として動詞の前に置いて使われる。

馬の毛色には特別な呼称があり、全体が黒いものを青毛、栗色のものを栗毛、やや赤がかった白いものを月毛《つきげ》という。ほかにも、鹿毛《かげ》、葦毛《あしげ》などがあるが、省略する。白い馬を月毛というのが、おもしろい。

井波律子先生の『中国名言集』（岩波書店刊）には「白駒《はっく》の郤《げき》を過《す》ぐるが若《ごと》し」という言葉を挙げておられた。「人《ひと》―天地《てんち》の間に生まるるは、白駒の郤を過ぐるが若く、忽然《こつぜん》たるのみ」という『荘子』知北遊篇の言葉である。郤は隙（隙）に同じ。「人が天地の間に生きている時間は、白馬が走って行くのを戸の隙間からのぞき見るように、あっという間だ」という意味である。

月毛の白馬だから、より一層、歳月の経つのが早く感じられるのかもしれない。

井波先生も、「歳月の過ぎやすさ、人生の短さについての比喩は数多いが、この疾走する白馬を用いた比喩はとりわけ秀逸である」とおっしゃっている。

福島県なら「相馬野馬追《のまおい》」のことにも触れるほうがよかったが、そして、この原稿もうまく書けなかったが、取急ぎ責を負うまで。

（「太極ふくしま」第32号　'16・10・1）

自分に厳しく

『ニイハオ中国語』は、師家・楊名時先生が、明治書院から昭和四十九年（一九七四年）二月二十五日に上梓された本である。

この本は、『新装版太極拳』の前身、レモン新書の『太極拳――中国八億人民の健康体操』（一九七一、文化出版局刊）より少し遅れたが、楊名時先生の、初期の、充実した、記念すべき本だと思う。

一九七二年九月の日中国交回復を機に、スポーツ新聞に七十回にわたって連載された中国語会話コーナーの掲載原稿に加筆して一本になったようだ。それだけに、中国の新しい国づくりの動きを日本の方にお伝えしたい、中国と日本との掛け橋になりたいというお心が伝わってくる。

初心者でもすぐ役に立つ、実践的な中国語入門書ではあるけれども、中国の政治、歴史、地理、生活、文化や人物などを、中国語とともに親しみやすく、読み物ふうに解説されている。

のちに、太極拳の「稽古要諦」として発表される、「上下相随」「剛柔相済」などの四字熟語も、この本に散見される。

そんな言葉の中で、

「常に自分の欠点を批評すべし」

という言葉が印象に残った。中国語では、

「時時批評自己的欠点《シーシーピーピンズージーダチェンディエン》」である。

『ニイハオ中国語』では、課文は簡体字を使用し、説明文は繁体字を使っている。簡体字では、「欠」は「缺」である。

楊名時先生も言われる。

〈「時時」は「常に、いつも」のこと。他人の欠点はよく目につくものだが、おうおうにして自分の欠点には気づかない。人間が進歩を求めようとするならば、他人の短長を探すよりも、まず己の欠点を批評する姿勢がなければならない。しかも厳しく、自己に厳格であることは何よりも自分自身に克つ第一歩である。我々は自由さゆえに己をあまやかし過ぎるようだ。心したい金言である〉。

まさに、「自分に厳しく」だ。

「以春風接人、以秋霜律己」。

（春風を以て人に接し、秋霜を以て己を律する）という、楊名時先生に教えていただいた言葉が思い出された。二〇〇〇年十一月二十五日発行の『太極』第一二五号の師家の巻頭文である。自分と、他人とを対比させながら、生きる姿、秘訣を、ご自分に言いきかせるように記した、師家の人生哲学である。

（「太極ふくしま」第31号　'16・4・1）

タラヨウの樹の植樹

今年の福島県支部の総会に出席した翌日、六月一日（月）、二日（火）に愛知県蒲郡市の光忠寺ご住職で作家の佐久間和宏師範のお招きを受け、蒲郡市へ行ってきた。

そのときの交流の一端は、佐久間先生が『太極』第二一三号にお書きくださった。ここでは、佐久間先生に請《こ》われて、光忠寺境内、墓地の一角に、タラヨウの若木を植樹させていただいたことを記しておきたい。

タラヨウ（多羅葉）は、①ヤシ科の多羅樹の葉。鉄筆などでこれに写経した。②モチノキ科の常緑高木。暖地の山地に自生。高さ約八メートル。葉は長楕円形で厚く、革質、光沢を有する。葉を乾かすか熱すれば黒褐色となる。傷つけると黒変して字が書けるので、①に擬してこの名がある（『広辞苑』）。

言わば、天然の葉書だ。植樹はおこがましいが、仰せにしたがった。

初夏や大松と舞ふ光忠寺
大樟と出逢ひ大松の下に舞ふ
陽を受けて文の葉タラヨウ繁れかし

佐久間和宏先生ご夫妻、光忠寺太極拳教室の皆さまにも植樹に立ち会っていただき、土をかけ、水をやっていただいた。

仲よしの太極拳のお仲間、吉川嘉之師範のことが思い出された。

文武両道にすぐれ、絵もお描きになった吉川嘉之先生は、一九九七年十月二十四日、脊髄小脳変性症という難病がもとで、残念ながら五十五歳という若さで亡くなられた。

晩年、不自由な体で、ワープロを打ち、『太極拳私観』という冊子を出された。私たちに遺してくださった、貴重な「遺言」のような冊子である。その中に、次のようなことばがある。

「太極拳を幹として、いくつもの枝葉を茂らせてほしい。たとえば、中国語でも良い。中国武術・古典・話し・文字・宗教などなど挙げればキリがない。枝葉が大きく育つほど幹もしっかりしてくる」。

太極拳を幹として、いくつもの枝葉を茂らせれば、幹もしっかりしてくる、とは至言である。今回の植樹は、太極拳の幹が育つ、人間を学ぶ、ひとつのきっかけにもなったようだ。ただ、私の右膝はまだしっかりしていないし、俳句は成長していない。右に挙げた駄句をご笑覧のほどを。

（「太極ふくしま」第30号 ’15・10・1）

よい顔になろう

師家・楊名時先生から教わった言葉の一つに「面為五臓之華《ミエンウェイウーザンヂーファ》」がある。顔は五臓の華である、顔は内臓の働き、内面を反映している、という意味である。

五臓六腑の臓とは、肝・心・脾・肺・腎の五つを、腑とは、大腸・小腸・胆・胃・三焦・膀胱の六つを指す。（楊名時先生と吉利正彦先生の共著『健康太極拳』（海竜社刊）で吉利先生は「五臓」に「心包」を加えて「六臓」とし、「六臓六腑」としておられる）

ところで、儒教の経典、四書の一つ『孟子』離婁《りろう》・上には、「存乎人者、莫良於眸子」（人に存する者は、眸子《ぼうし》より良《よ》きは莫《な》し）という言葉がある。人の器官のうちで、ひとみほどよくその人物をあらわすものはない、ひとみが澄んでいるか曇っているか、ひとみを見れば、その人物の善悪がわかる、というのである。

東洋医学の診療法には、「四診」がある。「望診」（全身の状態の観察。次に身体各部の観察に移るという。皮膚の色、舌の状態、目の色や瞳孔の開閉……などを観察する）、「聞診」（聴覚や嗅覚による診察）と「問診」、「切診」（脈診・触診）の四つの手段による情報収集である。顔色も瞳も重要な情報源であろう。

そう言えば、楊名時先生が機関誌『太極』第一一七号巻頭文で「慈眉善眼《ツーメイシャンイエン》」について書かれていた。

〈「慈眉善眼」とは、慈しみのある眉、つまりやさしい眉と、善良な眼のこと。眉毛と眼は、人間の表看板である。人の顔の、大事な、その人を表現する場所である。「慈眉善目《シャンムー》」を使ってもかまわない。

太極拳を長く稽古された方々は、ほとんどみんなこの言葉があてはまるような気がする。稽古の積み重ねが「慈眉善眼」にする〉。

このところ太極拳の教室で、私は立禅のとき、眉と眉の間、眉間を開いて立つようにしましょう、と申し上げている。眉を寄せる、ひそめるのはマイナスイメージを与えるが、眉を開くと顔が柔らかくなり、身体全体も柔らかくなる。「眉開眼笑《メイカイイエンシアオ》」眉が開いて眼が笑っているとは、柔らかい、やさしい顔をさす。

太極拳をするのは「益寿延年不老春」が目的と言う。「つまるところ健康の増進であり、長寿であり、生命を保ち青春を謳歌するところにある（李天驥先生『太極拳の真髄』ＢＡＢ

出版局刊）が、端的に言えば、「よい顔になろう」ということではないか。内面を磨き、高めれば、自ら、顔にも、太極拳の動きにも、それがにじみ出てくると思う。

（「太極ふくしま」第29号　'15・4・1）

由鬆入柔

師家・楊名時先生著『太極拳のゆとり』のサブタイトルは、「柔らかく静かに」だった。一九八〇年十二月、文化出版局から刊行され、私が担当させていただいた。「柔らかく静かに」という言葉は、楊名時太極拳の本質を、短く、端的に語っているのではないか、と思う。

「楊名時太極拳稽古要諦」の3に、柔らかさに触れている言葉がある。「由鬆入柔《ヨウソンルーロウ》」である。体を楽にして余分な力を抜くと、そこから柔らかさが生まれる、という意味である。

楊進先生・橋逸郎先生共著の『健康太極拳標準教程』では、「精神・肉体ともに、意識的にゆるむことで、柔は実現する」と説明されている。

骨密度が減少し、骨がスカスカになって、もろく折れやすくなった状態を「骨粗《こつそ》鬆症《しょうしょう》」

と呼ぶ。「鬆」の字をあてる。「鬆」の字は、今、日本でほとんど見ることはなくなったが、中国の簡体字では「松」になったから「鬆」は一層見かけなくなった。

「鬆」には、動詞としては、ゆるめる、緊張がとける、ほどく、などの意味があり、形容詞として、ゆるい、(経済的に)ゆとりがある、余裕があるなどという場合にも使う。緊張の反対語として「由鬆入柔」の句の場合、特に意味深い。

心も身体も緊張を解くと、柔らかさが生まれるという関係は、頭ではわかったつもりでいても、実際は容易ではない。

意識的に集中して「鬆」の状態を作るように努めること、心と身体の緊張を解く修練を長く重ねること、深長呼吸法をたいせつにし、特に吐く息を、集中して、細く長く深くすることが必要になるであろう。

自分なりの創意工夫も、先人の叡知に学び、よい知恵を借りることもたいせつだ。

これは私の工夫ではなく、笠尾楊柳先生の本(『太極拳に学ぶ身体操作の知恵』BABジャパン刊)で教えられたのだが、立禅のとき「眉間《みけん》」を開くようにしている。太極拳の教室でも眉と眉の間を開くように、と申し上げている。

そうすると、顔が柔らかくなってくる。頬も、表情も和らぐ。顔が柔らかくなると、身体全体も柔らかくなる。素直になる。

稽古要諦には、太極拳だけではなく、私たちが生きていくうえの知識、知恵が含まれている。生きるヒントもたくさん隠されているようだ。

（「太極ふくしま」第28号　'14・10・1）

メービウスの帯

メービウス（メビウスとも言う）は、一九世紀ドイツの天文学者、数学者（一七九〇～一八六八）である。「メービウスの帯」（メビウスの輪とも言う）は、メービウスが発表した、一面の表裏の区別がつかない、一連の帯（輪）のこと。細長い長方形の帯を一回ひねって、一方の端の表と、他方の端の裏を貼り合わせるとできる。この帯の面を追っていくと、どこからが表で、どこからが裏か、区別がつけられず、連続している。左まわり、右まわりの区別もつけられない。

この性質は、太極拳の連続性、円運動性にもつながると思う。

メービウスの帯をもうひとつひねると、「8」の字になる。

私の太極拳教室では、準備運動の中で「88を描く」をやっている。

『準備運動と顔の周辺のマッサージ』という冊子にも私は書いているが、改めて、そのやり方を記す。

「両足をやや平行にして立ち、手首を柔らかくまわしながら、両手でそれぞれ水平に、数字の「8」の字を描く。まず、両手を内側に向けながら八回「88」を描き、次に両手を同じ方向に向けて八回まわす」という単純な動きだが、注意点は、

1　ゆっくり行うこと。
2　柔らかく動かすこと。
3　手だけでなく、膝にゆとりをもたせ、腰から動かすこと。
4　8の字の前後のマルが、同じような大きさに、丸味が出るようにていねいに描くこと。
5　手首を程よく動かして、水平に描くようにすること。
6　そして、何よりも専心集中して心をこめて行うこと。

準備運動に「88」を描く「メービウスの帯」を取り入れたのは、お茶の水教室（現・本部道場中野教室）の夏合宿の第八回目、茨城県奥久慈、八溝山の麓、大子温泉「やみぞ」でだった。

話は変わるが、吉野秀雄艸心忌の世話人で、吉野秀雄先生直系の短歌雑誌『砂丘』の編集・発行人の萩原光之さんから、『えいとりかん』というご家族で作った雑誌の第十三号をいただいた。「えいとりかん」は8とは無関係で、魚の名前。ハゼの仲間のキヌバリのことを佐渡ではこう言うとのこと。

萩原さんは「ひねる」という文で良寛の飴と揮毫の逸話を引いて、建前と本音につながる、と「メービウスの帯」を説いている。

(「太極ふくしま」第27号 '14・4・1)

へびと鶴

この道を久しくゆきしことなくて ゑのころ草の穂はなびきをり

長谷川銀作

『太極』第四〇号の〈心に残る言葉〉の第5回に、この歌を引いたことがある。長谷川銀作（一八九四～一九七〇）は、若山牧水門の歌人で『創作』誌の編集に尽力し、日本歌人クラブ、現代歌人協会の発足に関与したお方である。

ここでは、作者のことではなく、「ゑのころの草」について記しておきたい。「ゑのころ」は「えのころ」、犬の子の意味である。「えのこぐさ」とも呼ばれる。「えのこぐさ」はイネ科の一年草である。夏、路傍で、緑色の、犬のしっぽに似た穂を出す。

穂の中に、また穂がある。穂についているツブツブの一つ一つが、それぞれ小さな穂なのである。「小穂《しょうすい》」と呼ばれ、えのころぐさでは、一つの小穂に一つの花が咲いている。緑色のからのようなものは、えいと呼ばれ、包葉《ほうよう》の変化したもので、大小六枚あり、花はえいにはさまれているとのこと。

えのころぐさの葉には、太めの脈が縦に何本か走っている。単子葉植物の葉の特徴で、平行脈と呼ばれる（などと、知ったかぶりに記すのは、やめよう）。

私が、おもしろい、と思うのは、「えのころ」が「犬の子」でありながら、俗には「猫じゃらし」と呼ばれることである。小さな草に、「犬」にして「猫」の名がついている！

太極拳でも、「えのころぐさ」同様に、一つの動きに、二つの意味をもたせている例がある、と私には思われる。「単鞭《ダンビエン》」は左右の手を一本の鞭のように動かすが、これは、まさに「へび」である。伸ばしすぎないように、と言っている、伸びきったへびは弱っている。鳥からもねらわれやすい。単鞭の右手の鉤手は、「鶴頭《かくとう》」と呼ばれ、手首の甲側頂上部分で、相手の顎《あご》を打つと威力を発揮する。

単鞭は、へびにして鶴なのである。

（「太極ふくしま」第26号　'13・10・1）

鄧穎超さんの「足の三里叩き」

鄧穎超（トン インチャオ 一九〇四〜一九九二）さんは、中国建国前からの中国共産党の女性指導者で、周恩来・中国元総理の奥さまであり、鄧大姐と親しまれ、中国の方々に敬愛された方である。

一九二五年、周恩来さんと結婚、一九四九年十月の中華人民共和国成立後は、中央政府の総理兼外交部長などの要職に就いた周総理（亡くなるまで終身、国務院総理を務められた）を助け、党と国家の日常的業務、卓越した外交家として国際舞台で、重要な役割を果たし続けた周総理を支えられた。

周総理との間に実子がなく、李鵬さん（のちの総理）ら革命烈士の遺児たちを養子としてご夫妻で育てたことでも知られている。

鄧穎超さんは、いくつかの慢性病になったようだ。一九三四年の長征の時は肺結核、一九五三年には糖尿病、一九八〇年には腕を折り、胆のうを切る手術を受けたという。鄧さんは、治療を受けながら体を鍛錬して、病魔に打ち勝って、体質を強め、健康を回復し、政治協商会議上席などの仕事にも励まれた。

「あなたはどういうふうに病気を治しましたか?」と人に聞かれたとき、鄧さんは、「私には頼りにしている二つの宝ともいえる方法がある。一つは楽観主義、一つは戸外での生活を多くすること」と答えたという。

李天驥先生著『太極拳の真髄』(一九九二年十一月、株式会社BABジャパン出版局刊)で、「第三章　健身のための功法」に、二六ページにわたって「鄧穎超夫人の保健体操」として、鄧さんがご自分で作り、実践してきた保健体操をていねいに紹介されている。

李天驥先生は、

「この保健体操は、老人や、あるいは病気のある人たちの身体を鍛錬し、健康を回復させるための手引きとなるので、私にこれらの保健体操を整理、編集して出版したいという依頼があった。しかし、遺憾ながらこれを出版する直前に、皆に尊敬されている鄧大姐は、不幸にして亡くなられた。

生前には果たせなかったが、この著書の中で敢えて日本の読者に保健体操を紹介したいと思う。これは本年(一九九二年)は中日国交正常化20周年にあたり、また、周恩来総理と鄧大姐は中日両国人民の友好関係と中日太極拳交流を促進させた偉大な功績を記念する意味で、これを鄧大姐に捧げるものである」。

と丁重な文を添えておられる。


私は楊名時太極拳の教室で、鄧穎超さんの保健体操の中から、「足の三里叩き」を準備運動の一つとしてやっている。『準備運動と顔のマッサージ』の冊子には入っていない。「足の三里叩き」を知ったのは、李天驥先生の本『太極拳の真髄』からである。

『太極拳の真髄』では、「足の三里叩き」は「扣捶足三里」（コウ チュイ ズー サン リ）として、鄧穎超さんの、足の三里を叩いている写真、足の三里のツボを示す図といっしょに載せている。

簡単に叩き方の説明をしておきたい。
①身体をリラックスさせて椅子に坐り、両手を半ば拳を握って大腿部の上に置いておく。（教室では椅子に坐ってではなく立ってやっている）
②上体を前に倒し、両手の拳で力を入れて足の三里穴（膝の外の膝眼から指四本下にあるツボ）。膝の皿の外側にあるくぼみから、指四本分下向こうズネから指一本外側を叩く（鄧さんは両脚をそれぞれ五十回叩くとしているが、私の教室では、人さし指と中指をそろえて、

まず足の三里のツボを押しもみ、位置を確認してから、拳を作り、両方の拳の親指の第一関節の背で二十数回叩いている。それから身体をもとに戻す)。

③あまり速く叩きすぎてはいけない。できるだけ正確に足の三里のツボを打つようにする。

足の疲れ、むくみをとると同時に、胃腸を整えるツボである。

(「太極ふくしま」第25号　'13・4・1)

奥歯

『太極ふくしま』の前号で「叩歯《コウチー》」（歯と歯ぐきの体操）について書いた。もう一回、歯をめぐる話について書かせていただく。

東日本大震災から七か月半ほど経った二〇一一年十一月一日の読売新聞は、身元不明遺体の確認作業に、群馬県高崎市の歯科医・小菅栄子さん（40）らが開発した歯の検視記録と震災前の治療記録の照合システムが貢献している、と伝えていた。

小菅さんは、一九八五年に群馬県で起きた日本航空ジャンボ機墜落事故の際、歯科医院から取り寄せたエックス線写真を一枚一枚照らし合わせて、気の遠くなるような身元確認作業を担った、父で歯科医の篠原瑞男さんの姿に打たれ、システム作りに取り組んできた。

震災後、宮城県入りした小菅さんらは、宮城県警に機材とノウハウを提供し、手弁当で手伝っている、という。

県警はこれまで、歯による照合を約一二〇〇体行い、約七七〇人の身元を特定。DNA鑑定による判明は約五〇人というから、歯の照合システムが身元確認に威力を発揮している、といえるだろう。

小菅さんらは、遺体の歯の検視記録が届くと、パソコンにデータを打ち込む。すでにエックス線画像や治療の痕跡など、約一二〇〇人分（十月一日現在）の検視記録がデータベース化されている。行方不明者の歯の治療記録を入力すると、自動的にその記録と歯の特徴が似た遺体のデータが示される。最終的に複数の歯科医師がデータを精査して身元を特定するという手順である。

警視庁によると、十月三十一日現在、被害が甚大だった岩手、宮城、福島三県に身元不明遺体は、まだ八五二体ある、という。その後判明した人もいるだろうし、これからも歯の照合システムは大活躍することであろう。

小菅さんは、大学卒業後、照合システムの研究を始め、東北大学の青木孝文教授（46）らと共同で二〇〇六年には原型をつくり、歯科記録のデータベース化を訴えてきた。

日本歯科医師会は、昨年八月、データベース化を考える検討会を設置して、実現に向けた協議が始まっている、とのこと。

動物の歯は、歯によってその年齢を知ることができるので、年歯（年齢）といい、歯を「よわい、年齢」の意味にも用いる。

「八十歳で二〇本の歯があれば、何でも噛むことができる」といわれる。「八十歳でも二〇本以上の歯を残そう」という「8020運動《ハチマルニイマル》」に日本歯科医師会は取り組んでいるが、歯を失う一番の原因の歯周病は、成人の約七五％が患っているといわれている。

私も歯周病に注意して、ブラッシングもしっかりやらなければならないと思うが、一九九一年六月刊の『楊名時太極拳三十年史』の編集の時は上の奥歯が三本抜けた。自分では奥歯を噛みしめているつもりはないのだが、思わず知らず奥歯に力が入っていたのだろう。

二〇一〇年は、一九六〇年に師家・楊名時先生が日本で楊名時太極拳を指導・普及されてから半世紀を迎えたので、その記念に、私は日本健康太極拳協会広報・機関誌委員会の委員の方々といっしょに、『楊名時太極拳五十年史』を、十月に編集・発行した。『三十年史』で三本歯が抜けて、そのうえ『五十年史』で五本抜けては困る、と心配したが、幸いにも今度は一本も抜けなかった。

ただ、疲労困憊したせいか、左上の奥歯がぐらぐらしかけた。歯を抜くと顔つきも変わる。何とか歯を抜かずに、しっかり食事も摂れるようにしたい。八十歳まで二〇本といかずとも、頑〝歯〟りたい、と願っていた。

つつじヶ丘駅に近い歯医者さんで治療を受け、入れ歯も調整してもらった。ビルの建築のように、第一期工事、第二期工事と進み、暮れから延々と歯医者さん通いが続き、完成は半年後の七月だった。

今、奥歯はぐらつきもせず、調子がよい。うれしいことである。


「口腔の健康は、生涯にわたり健康で質の高い生活を営むための基礎であるとの考えに基づき、乳幼児期から高齢期までの歯科疾患予防や早期発見・早期治療、情報啓発などに関する施策の基本方針をまとめた法律が成立されました」という日本歯科医師会の大きな新聞広告を見た。

「歯科口腔保健の推進に関する法律」というのだそうで、その成立記念シンポジウムが、二月十一日に東京国際フォーラムで催されると広告にあったが、行けそうにない。後援（予定）団体の一つに「八〇二〇推進財団」も入っていた。

ここまで書いてきて、うれしいニュースが飛び込んできた。

第八四回選抜高校野球大会（三月二十一日から甲子園球場）に、わが母校・高崎高校が、関東・東京六校の一つに選ばれて、三十一年ぶりに二回目の出場が決まったのである。高崎高校は21世紀枠候補にもあげられていたが、一般枠として、昨秋の関東大会ベスト4が評価された。石田尚身理事（前茨城県支部長）も同窓である。そして、石田先生も歯科医である。

（「太極ふくしま」第23号　’12・4・1）

克己と克巳

近くの神社の社頭で、毎月、東京都神社庁の「生命《いのち》の言葉」という短冊をいただくのが楽しみだ。

八月の短冊は、

「人に勝つより自分に勝て　嘉納治五郎」

であった。

短冊の裏には解説がついている。

「成功しようとしたり、他人より優れた人物になろうとする者は、まず自分自身の欲望を克服しなければならない」

ご存じのように、嘉納治五郎先生（一八六〇～一九三八）は、講道館柔道の創始者で、一高や東京高等師範学校の校長を歴任した教育者である。東洋初めての国際オリンピック委員会（ＩＯＣ）委員、初代日本体育協会会長をつとめ、柔道、スポーツ、教育分野の発展や、日本のオリンピック初参加（第五回ストックホルム大会、一九一二年）にも尽力された。

師家・楊名時先生は、東京に来られてから、講道館柔道を学び、三船久蔵先生、子安正男先生といった高名な先生方にも稽古をつけていただいた、とお話しになっていた。

楊名時先生は、嘉納治五郎先生の言葉「自他共栄」がとくに大好きだとおっしゃり、「自他共栄」を楊名時八段錦・太極拳の精神的な柱の一つとされて、私どもにお伝えくださったことは、まことに幸いであった。

「人に勝つより自分に勝て」に戻る。これは、人と争わない、「健康・友好・平和」を目ざす楊名時太極拳とも通ずる。太極拳に限らず、セルフ・コントロールして、持続的に努力することは、人間として大切である。

「人に勝つより自分に勝て」は、熟語で言えば「克己《こっき》」己《おのれ》に克《か》つである。自分のなまけ心、欲、邪念に打ち勝つことだ。「克己」は、『論語』顔淵篇にも出てくる。

ところで、人の名前にも「克己」があり、「克巳」がある。「かつみ」と呼ばせる人が多いようだ。

しかし、「克巳」は巳《み》に克《か》つ、へびに克つである。ヒトがへびに克つことはない。ヒトもへびも共存共栄すればよろしい。

「巳」はみ、あるいはシ、「已」はイ、すでにやむ、のみ、「己」はおのれ、キ、あるいはコという意味で読んだり、使われる。似た象形文字だが、別字である。

古歌では、「ミ・シは上（巳）、ヤム・イはスデニ中ばなり（已）、オノレ、ツチノト、コは下につく（己）」と字形の相違を教えている。

私の覚えているのは、「ミは上に（巳）、オノレ・ツチノト下につき（己）、スデニ・ヤム・ノミ中ほどにつく（已）」である。最後は「スデニ・ノム・ヤム」だったかもしれない。

歌人・春日真木子さんの歌を引かせていただいて、拙文の結びとしよう。

「〈己《おのれ》〉とふ象形文字のほぐれつつ
蛇となりたりわれはいづくへ」

（「太極ふくしま」第16号　'08・10・1）

自力更生

「自力更生《ズーリーゴンション》」とは、他の力に頼らずに自分の力で事を行う、自分の力でやる、という意味の中国の成語である。

かつては中国でよく言われた、中国社会主義を特徴づける経済建設スローガンである。師家・楊名時先生は、著書『ニイハオ中国語』(一九七一年二月、明治書院刊)の全70課の巻頭第1課に「自力更生」を取り上げていらっしゃり、「この語句は中国にとって非常に大事なものであり、重要なスローガンである」と解説されている。

また、私がその編集に携わった楊名時先生の本『太極拳のゆとり』(一九八〇年十二月、文化出版局刊)の「人生哲学」の項の最初に「自力更生」を挙げておられて、「現代化を急ぐにあたって、外国の力を借りるとしても、この言葉のもつ重みに変わりはない」とおっしゃっている。

もともとは、抗日戦争の中で芽生えたものという。毛沢東が、英米の対中国援助ルートである、ビルマ→昆明ルートに関連して、自力更生を主としつつ外国援助を利用するという方針を提唱したことに由来するようだ。

新中国建設後、中国とソ連の対立が顕在化し、資金、技術、資源などの外国への一方的依存が危惧された。

外国との関係だけでなく、国内的にも、北京中央、あるいは国内の他地域からの支援に頼らず、自らの力により地域開発をしようと、農業は大寨《だいさい》に学べ、工業は大慶《だいけい》に学べなど、国内経済建設の自力更生モデルが喧伝された。

中国は、その後の対外開放政策により、「自力更生」の、国づくりのうえでの重要さには変化が起きているが、健康づくりのうえでは、日本人にとっても、以前にも増して、この言葉は重みをもってきているのではないか、と思う。

「自分の体を健康にするには、まず自分で自分を鍛えなければならない。医者や薬に頼るのは二の次である。ひいては、自分の手で、今日よりさらに豊かな幸福をつくるべきだという意味にもなる」と楊名時先生もおっしゃっている（『太極拳のゆとり』）。

薬よりも医者よりも（それももちろん大事だが）、自分自身の力で病気を治していくのが健康の根本である。あるいは、健康を損なわないように自然治癒力を高めるように努めることである。

「三分吃葯《サンフェンチーヤオ》（喫薬）七分養《チーフェンヤン》」とも言う。

「自力更生」の精神は、健康づくり、養生のうえでは、決して古くなっていない。

「自力更生」などの言葉を通して、楊名時先生は、八段錦や太極拳の動き方を教えてくださっただけでなく、新中国の息吹きと、中国の文化、歴史、哲学を心より日本に伝えようとされた。

お蔭で、生き方を含めて、さまざまなことを、ずいぶん教えていただいた。

楊名時先生には、いくら感謝しても感謝しきれない。


（「太極ふくしま」第15号　'08・4・1）

人老心不老

「不老川」という川がある。地元では、「としとらず川」と呼ばれている、という。

親友で読売新聞社友の松浦孝義さんが編集長をしている「よみうりグッデイズ」という東京・多摩北部を中心に配付する一七万部発行の月刊紙で知った（二〇〇四年六月号）。

場所は、東京都西多摩郡瑞穂町。不老川《としとらずかわ》の水源とみられる駒形富士山付近の写真や、「としとらず川」の標識も載っている。福生市の米軍横田基地の北、埼玉県入間市に接するあたりか。不老川は、多くの支流と合わさり、埼玉県を通って、荒川、隅田川となって海へ注ぐ。

不老川とは、おもしろい命名である。記事によれば、「旧正月や節分の頃には、雨も少なく水がかれ、川がなくなります。そのため、年を越さない、年を取らないことから、『不老川』と呼ばれるようになったようです」。

「節分の夜に川の橋の下にいると、年をとらないとの伝説も、流域の埼玉県狭山市にはあります」とも紹介されていた。

師家・楊名時先生に教わった言葉の一つに、「人老心不老《レンラオシンプラオ》」がある。人老いても心老いず、である。

どなたでも必ず年をとれば、老いがやってくる。しかし、心は年をとらせないで、若々しく保つことができる、とよく楊名時先生はおっしゃっていた。

二十四の型の前半を中心に編んだ太極拳の動きに、「不老拳」と楊名時先生が名づけられたのも、心を老いさせないでおこう、という願い、祈りを込められてのことであろう。

楊名時太極拳を愛好される方々で、若々しく、実年齢を感じさせない方が多いのも、心を年とらせないで、日々新たな気持ちで、太極拳を続けているからではないだろうか。

「益寿延年不老春」とは、『十三勢行功歌』で太極拳の根本目的として示されてる言葉である。「太極拳をやっていれば、年齢を加えつつも、ふけこまないで、若々しくしていることができるという意味に解釈してよいであろう」と楊名時先生は「益寿延年不老春」について、『太極』に発表された最後の巻頭文で言われている（二〇〇五年七月）。

私は、今年一月、満七十歳となった。古稀である。心を老いさせず、元気で、「健康・友好・

平和」を目ざして、これからも皆さんといっしょに稽古に励みたいと願っている。

（「太極ふくしま」第13号　'07・4・1）

〈蛇足〉

松浦孝義さんは、読売新聞東京本社社友、元メディア企画局・局次長待遇。残念なことに今年'17年8月2日、肺炎で逝去された。享年81。松浦さんとは、柏崎の幼稚園以来の同期生で、高校は違ったが、大学は早稲田大学で学部は違うものの、また、早稲田大学校友会発行の『早稲田学報』編集委員でいっしょになり、三十年ほど委員をつとめた。また、柏崎談笑会の世話役として、何十年も毎月、献身的に会を世話してくださった。感謝にたえない。

私事ながら、私は、今年'17年1月、満八十歳になった。お元気にご活躍される楊名時太極拳の諸先輩方を目標にしながら、精進を重ねたい。

「水平足踏み法」と腸腰筋

「水平足踏み法」を太極拳の準備運動に取り入れて、もう何年になるだろう。

長野五輪を挟んだ半年間、新潟日報から頼まれて紙面批評欄「日報を読む」を執筆するため、新潟日報の朝夕刊を熟読していたとき、「水平足踏み法」を伝える通信社の配信記事で見つけたのだった。冬季オリンピックは、長野のあと、ソルトレイクシティで開かれ、今年はイタリアのトリノだから、「水平足踏み法」も八年以上やっていることになるだろう。

「水平足踏み法」については既に、書いたし、太極拳でも準備運動の一つとしてご紹介したことがあるが、改めて記すことにする。

「水平足踏み法」とは、片足ずつ太ももを床面や地面と水平にまで高く上げ、手も振って、その場で足踏みをするというもので、一日三、四分続けるだけで、心臓病、高血圧、糖尿病、ぜんそく、便秘、腰痛など、多くの病気がよくなる、万病に効くといわれる足踏み健康法である。

これを考案し、自ら実践し、勧めているのは、大阪市の加藤内科医院院長で医学博士の加藤治秀《はるひで》先生。

加藤先生は、『万病に効く水平足踏み』（マキノ出版刊・定価一三〇〇円＋税）という本も書かれている。

太極拳の準備運動では、「水平足踏み法」にあまり時間を割いていられないので、通常三〇～四〇回程度やっている。駅の階段でも三〇～四〇段の所が多いからでもある。毎日実行していれば、自然に足腰が鍛えられ駅の階段を自力で上がるのも苦にならなくなる。

「水平足踏み法」の要点
①太ももを床（地面）と水平になるまで上げること。私は教室では、水平よりもう少し高くなるようにと申し上げている。少し高くなるように上げないと、客観的には水平まで上がっていないことが多いからだ。
②片足の上げ下ろしを一回と数えて、最初の一週間は一〇回から始めて毎週一〇回増やすくらいのペースで、無理をしないで毎日行うこと。慣れてきたら、最終目標は一日三〇〇回に。朝晩一五〇回ずつでも、朝昼晩一〇〇回ずつでも可。
瀬戸内寂聴先生は朝晩一五〇回ずつ一日三〇〇回やっておられて、体調がとてもよいと聞

いている。

③ 速度は一〇〇回を一分程度で行うのが最もよいとされるが、回数や速度よりも無理なくももを水平まで上げることがたいせつである。

ももを上げると、おなかのいちばん奥の、胃や腸の後側にある腸腰筋が最大に働くのである。これで腸の蠕動運動が活発になり、全身の血液循環を促進してくれて、さまざまな病気や症状の改善に役立ち、若返り効果をもたらす、という。

背筋を伸ばして、腹式呼吸と合わせて行うと、さらに効果を高めるようだ。

私は、「水平足踏み法」と「甩手」の回転運動を併用すれば、日常の簡易健康法になる、と申し上げている。

（「太極ふくしま」第12号 '06・3・20）

〈心に残る言葉〉125

自分自身に対して、……なにをやるか、課題をつきつけることだ。その課題で自身を鍛えようとするときに、はじめて自分の姿が見えてくる。……集団の中で人間が育つというのは、自分とその集団に対してこのような問いかけがバネになるからではないだろうか。

広渡常敏

劇団東京演劇アンサンブルの代表で、劇作家、演出家の広渡常敏さんの著書『ナイーヴな世界へ――ブレヒトの芝居小屋　稽古場の手帖』（影書房刊）より引かせていただいた。広渡さんは、私の敬愛するすばらしい演劇人で、二昔ほど前に、劇団員に太極拳を指導したご縁もあり、また高校の同期生、佐々木章夫さんが同劇団の俳優なので、時々は東京演劇アンサンブルの芝居を観てきた。

「俳優術（演技の技術）をあやつって芝居をつくるのではなく、生き方にむかいあうこと。生きることが芝居なのだ」とも言われる。誠実に生き、新しい舞台の創造的空間を求めて苦闘した広渡さんは、今年二〇〇六年九月二十四日、残念ながら亡くなられた。享年七十九。

十月八日、東京・練馬区の「ブレヒトの芝居小屋」で開かれた劇団葬に参列した。弔辞を読まれたおひとり、映画監督・森川時久氏が坐っておられるのを見てびっくりした。お顔は驚くほど楊先生に似ていた。小柄な楊名時先生が私を見ているのだった。赤い薔薇の祭壇に赤い薔薇の花びらが舞い降りた。

（「太極」第161号 '06・11）

〈蛇足〉

掲出した文は、'07・10・5東京演劇アンサンブル発行の『広渡常敏　追悼文集』に収められた。『追悼文集』は、劇団の代表的俳優・入江洋佑氏、フランス文学者・渡辺一民氏らの弔辞やたくさんの、追悼文を収録していて感激する。

〈心に残る言葉〉は、日本健康太極拳協会の機関誌『太極』に連載しているコラムの名前。'17年11月発行の『太極』第227号で、第191回を迎えている。

Ⅲ

2016 年 11 月 3 日、第 31 回 2016 太極拳全国交流大会で「健康大賞」を受賞された竹植弘次師範（左）と中野完二師範（右）。於国立代々木競技場第一体育館。実行委員長・楊　進先生。

「雲の手通信」第150号！

「雲の手通信」は、茶木登茂一師範が個人で発行されてきた、言わば、個人誌です。A4判四ページの横組みで、毎月一回発行されてまいりました。奥様の茶木中子師範のご支援、ご協力も当然あったことでしょうけれども、創刊号から茶木師範が、原稿を書き、写真を撮り、説明図を作成し、自分でパソコンで一字一字打って、発行して来られた発行物です。

「個人誌」と書きましたが、「雑誌」というより「通信」です。

ご自分が指導する、いくつかの太極拳教室の会員の皆さまに、教室で、黒板に書いたり、話した内容を確認していただけるように、「通信」に載せたのが始まりだったのでしょうが、時にはページも増えたり、内容も、教室のニュースや講話の中味だけでなく、東京都支部や、東京都支部の南地域、北地域などの動きも伝えたり、「太極拳まるごと勉強会」や「左顧右眄《さこうべん》」「健康妄語録」「旅をうたい拳を詠む」など、「通信」には、楽しく読んでいただけるような工夫を凝らしてあります。

私もずっと愛読させていただきました。時には郵送していただくこともあり、大層学ばせていただきました。ありがたいことでございます。

定期刊行物を定期的に、継続して発行するのは、どんなに大変か、どんなにご苦労された

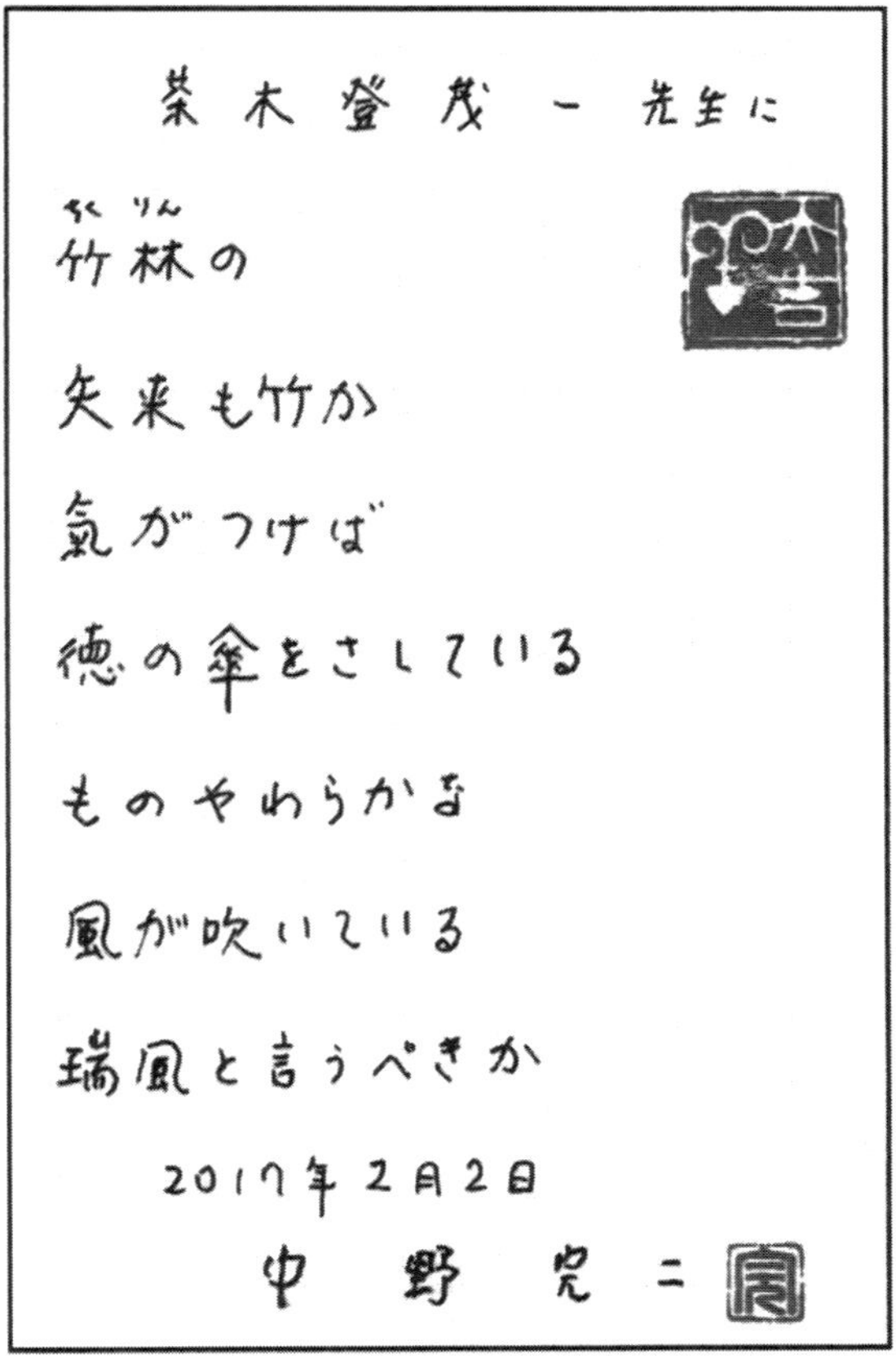
茶木登茂一先生に

竹林《ちくりん》の
矢来も竹か
氣がつけば
徳の傘をさしている
ものやわらかな
風が吹いている
瑞風と言うべきか

2017年2月2日
中野完二

中野完二先生の傘寿をお祝いして、先生のお名前を折り込んだ短歌を作りましたので、ご披露します。

永き歳月《とき》　重ねて傘寿　長閑《のどか》なり　燗《かん》のぬるきを　じっくりと酌《く》む

茶木登茂一

かと推察しております。

「雲の手通信」のバックナンバーから選んで楊名時太極拳の内容を深め、指導、普及に役立つ一冊の本にまとめてくださると、すばらしいと思いますし、歌人として、短歌を歌集にまとめてくださることを願っています。

二月二日の本部道場中野教室の新年会では、竹植先生と中野が「二〇一六年太極拳全国交流大会」で「健康大賞」をいただいたことなどのお祝いの会に合わせて、茶木登茂一師範の「雲の手通信」第150号を祝うことにさせていただきます。

茶木師範と関連教室の方々に「おめでとうございます」とお祝い申し上げさせていただきます。お祝いに茶木師範のお名前を頭に折り込んだ詩を贈らせていただきます。

これからも、同心協力で、いっしょに楊名時太極拳を広め、深めていきましょう。

なお、小説家の阿刀田高さんは、茶木さんの高校時代の同級生で、私の大学時代の同級生です。茶木さんご夫妻は阿刀田さんご夫妻とは旅行や日常の交流をされていらっしゃる由です。ご縁のつながりを深く感じています。

（「雲の手通信」第150号　'17・2・2）

大島博光記念館を訪ねて

「詩と歌の家　大島博光記念館」は、大島博光《ひろみつ》先生が亡くなられたあと、その郷里、長野市松代町に建設が進められ、二〇〇八年七月に開館した。

私は、「つくる会」が設立された初期の頃に入会したが、開館したら一度訪れたいと願っていたものの、訪問の機会はなかった。

大島博光先生（はっこうさんと俗に呼んでいた）は、早稲田大学文学部仏文科ご卒業の詩人。私の大先輩にあたる。私がルイ・アラゴンの詩集で大島博光先生訳の『フランスの起床ラッパ』を読んだのは、高校二年生の時だった。一九五一年、三一書房刊のザラ紙の詩集だった。私が詩に親しみ、詩を書くきっかけになった一冊である。

私も大島・大先輩の後を追って、早大仏文科に入った。

フランス語には苦労したが、卒業論文は、「ルイ・アラゴンの詩における愛について」だった。詩を武器にナチス・ドイツに命がけで抵抗する、アラゴンのレジスタンスの詩集にテーマを絞って、なんとか書き上げたことを思い出す。

論文主査の高村智《さとる》先生にはお世話になり、大島博光先生、橋本一明先生の訳業は、とても参考になった。淡徳三郎氏、嶋岡晨氏、小場瀬卓三氏、渡辺淳氏らの著作にも大層教えられた。

脇道にそれた。念願の大島博光記念館訪問の機会がついに訪れることになった。

富士山麓病院院長・清水允熙《のぶひろ》先生のご好意で、私と、高崎の大親友・内藤真治さんを病院総務課の田中健司さん運転の車で、新宿、高崎経由で、松代の文学館まで往復案内していただくことになったのである。今年二〇一六年七月十二日のことだ（松代泊り）。

大島博光記念館は、風光明媚な地に建っていた。静江夫人ゆかりのお店「はなや」は、あいにくお休みだったけれども、記念館では小林園子事務局長が、館内をていねいに案内してくださった。

そのあと、博光先生の胸像とお写真（浩然とされていた。しかも、強い意志、不屈の精神が宿る眼差しであった）の前で、私は太極拳の不老拳を、白鶴の舞として、感謝の思いを込めて舞わせていただいた。

次の機会には、長野市の空手と太極拳の大先生・小田切圭市師範や、日本健康太極拳協会の小林直利・長野県支部長らにも声をかけ、「はなや」の前の芝生の上で、薔薇の季節に舞いたい。

大戦末期に軍部が本土決戦に備えて造った大本営用の、松代象山《ぞうざん》地下壕、松代舞鶴地下壕、天皇御座所や、戦没画学生遺作美術館「無言館」を巡ったが、紙数がなくなってしまった。歴史家の内藤真ちゃんの案内、解説は見事だった。私には、「聖地巡礼」の旅のようにも思われた。

最後に、アラゴンの『フランスの起床ラッパ』から、「ストラスブール大学の歌」の一節を引かせていただく。

教えるとは　希望を語ること
学ぶとは　誠実を胸にきざむこと

大島博光先生の名訳である。

私は、太極拳の稽古要諦「教則学習」を説明するとき、このフレーズを必ず話している。ストラスブールは、拙訳の絵本『へびのクリクター』の作者トミー・ウンゲラーの故郷でもある。ストラスブール大学は、第二次大戦の初めに、いち早くナチスの軍隊に侵略され、抵抗する学生たちは虐殺された。

（「大島博光記念館ニュース」第39号 '16・10・27）

岡崎ひでたかさん告別式での弔辞

謹んで岡崎ひでたかさんにお別れの言葉を述べさせていただきます。

岡崎さんは、長く楊名時太極拳を稽古され、師範でいらっしゃいました。

日本ペンクラブ会員、日本児童文学者協会会員として活躍され、歴史物語を中心に、子どもにも大人にも感動を与える、優れた児童文学作品を、ご高齢になるまで、いやごくごく近年まで、命を削るように書き続けられました。

私は楊名時太極拳とのつながりで、岡崎師範のご逝去をいたみ、哀悼の意を表させていただきます。

楊名時太極拳は、動きはゆっくりで、柔らかく、けれども内面には剛を秘めていると言われます。「外柔内剛」であります。「内外相合」——内面を磨けば、それが、外、体の動き、表現に自然に表われてくるという言葉もございます。

そうした稽古要諦を信じ、岡崎さんは、ご自分の体と心を養い、呼吸を調えて、おだやかに、誠実に、骨太の生涯を貫き、それが児童文学作品として、見事に結実していったのだ、と私は思います。

悼　岡崎ひでたか師範

お好きな言葉は「外柔内剛」「内外相合」で
かざすは「健康・友好・平和」であった
雑《ざつ》念は払い楊名時太極拳と目ざすのは同じだった
きびしくも暖かい作品を書き　人を思いやった
ひたすら一歩一歩一字一字真剣に取り組まれた
でも　病いには勝てず　かけがえのなかった
太《たい》極拳のたいせつなお仲間は亡くなられた
かなしい　ほんとうにさびしい　つらいつらい

さようなら岡崎ひでたかさん
ありがとう岡崎ひでたかさん

謝謝　再見！

二〇一六年丙申五月十日　告別式で　　中野完二　謹白

〈蛇足〉

岡崎ひでたか師範は、東京都足立区の小学校で教職に就き、のち児童文学の創作を志した。日本児童文学者協会会員、日本子どもの本研究会会員。'16年4月28日、悪性リンパ腫のため死去。享年八十七。'16年5月『トンヤンクイがやってきた』（新日本出版社刊）で、第56回日本児童文学者協会賞受賞。

太極拳と短歌・俳句

私は長く楊名時太極拳を愛好し、もう四十五年ほどになる。楊名時太極拳を長くやると五感が鋭敏になる人が少なくないようだ。短歌や俳句などに親しみ、作品を作られる方も少なくない。

楊名時太極拳師範で、満九十四歳の現役俳人・深見けん二先生の『深見けん二俳句集成』について触れさせていただく。第一句集『父子唱和』から第八句集『菫濃く』までと、『日月』以後と『菫濃く』以後の作品二九六〇句を収録。ご高齢ながら、みずみずしい眼と心で、今も清澄な、豊かな世界を私どもに示してくださる。けん二先生は謙虚におっしゃる。

〈九十四歳の今日まで俳句を作り続けることが出来ましたのは、よき師の下に楊名時太極拳をつづけたこと、医師の先生方にめぐまれたこと、「花鳥来」「木曜会」「珊」を中心とした俳縁の方々のおかげであり、家人の支えあってのことです。〉

永らへて啓蟄のわが誕生日

楊名時太極拳の歌人では、日野きく師範をまず挙げたい。昨年第八歌集『いきつもどりつ』を出されている。

「わが軍」の「戦死者」あれば戦争遺児戦争未亡人許すということ

それから、櫛田如堂（本名櫛田浩平）師範に触れたい。原子力、放射能の研究者で理学博士。日本健康太極拳協会の機関誌『太極』にワシントンから通信を寄せていたが、帰国後、母上と愛妻を相ついで亡くす。その悲しみの中、第三歌集『ざうのあたま』を上梓。

まるでわたしざうのあたまのやうだわと笑ひて話す妻のかなしみ

水上信子準師範の第一歌集『夢のつづき』も忘れられない。文化出版局の校正の大ベテランだった人。傘寿を記念に三九三首を編んだ。旅と酒を楽しむさまも歌う。

古書店にて蔵書の処分依頼しのち佐太郎歌集購いきたり

（「うた新聞」第50号　'16・5・10）

岩手県支部10周年おめでとうございます

岩手県支部は、師家・楊名時先生が亡くなられた直後の、二〇〇五年七月に結成されてから、本年二〇一五年、結成10周年を迎えます。宮本宣典支部長、蝦名將甫前支部長はじめ、役員、支部会員の方々の弛みのないご尽力、同心協力による結束に、敬意を表したいと思います。

東日本大震災、大津波を乗り越え、また、宮本支部長のように病苦を乗り越えられて、10周年をお迎えになられることに敬服しています。

岩手県支部5周年記念大会が盛岡で開かれたとき、私も盛岡へ行き、お祝いの挨拶と講話をさせていただきました。宮本宣典さん（師範と呼ぶべきだが、ここでは宮本さんとお呼びするほうがふさわしいような気がするのでそうさせていただく）は、頭の手術をされたと伺い、案じていたら、当日、宮本さんが記念大会会場に現われたので、びっくりしたことを覚えています。あるいは病院を抜け出して来られたのかもしれません。

宮本さんは、岩手県支部結成のずいぶん前から、岩手の地に、楊名時八段錦・太極拳の種蒔きをし、大きな樹に育てられました。宮本さんのお人柄と、情熱、努力が、岩手県支部の今日につながっている、と言ってよいと思います。

宮本さんには、盛岡はもとより、宮沢賢治関連の場所や、遠野、花巻、宮古へも案内していただきました。秋田県との境の、山の中の温泉や五所川原市にご案内していただいたこともあります。秋田県支部や青森県支部の集いの帰りだったと思います。宮本さんには大層お世話になりました。

今の本部道場会館となった敷地が、東京・神田錦町に売り出されていることを逸早く知らせてくださったのも、宮本さんです。

宮本宣典さんと、岩手県支部の皆様の、ますますのご健勝、ご活躍を、そして、より一層楊名時八段錦・太極拳の指導・普及にご努力くださいますよう、心よりお祈りいたします。

(『岩手県支部創立10周年記念誌』 '15・5)

祝　台東研修センター真下教室30周年

おめでとうございます。台東区研修センター太極拳教室が一九八四年十一月開設以来、稽古を重ね、本年十一月には、30周年お迎えになるとのこと、まことにおめでとうございます。教室を中心になって指導してこられた、真下進先生と教室役員、会員の方々のご努力に敬意を表したいと存じます。

また、楊名時太極拳の、日本での指導・普及の初期段階から、楊名時太極拳のすばらしさに注目され、その推進に並々ならぬご尽力を賜りました、台東区と台東研修センターの方々の慧眼にも敬服しております。

師家・楊名時先生は、よく「自分よりりっぱな弟子（会員）を育てるのが、よい先生だよ」とおっしゃっていました。真下先生は、熱意溢れるご指導と、心と体の和をはかる健康太極拳を、わかりやすく、丹念に、継続して説かれ、幾多の俊秀を育てられました。まさに、りっぱな先生です。太極拳祭も、東京都支部大会も、全国大会も、真下先生と俊秀の方々のお蔭で、有意義な、盛大な大会を持つことができています。
改めて御礼申し上げますとともに、台東研修センターのますますのご発展、皆さまのご健勝を心よりお祈り申し上げます。

(『台東研修センター太極拳真下教室30周年記念誌』'14・11・23)

巳年と太極拳と

今年二〇一三年は干支で言えば、癸巳（みずのとみ）、巳年である。中国ではズバリ蛇年と言うようだ。

私の愛好している太極拳も、蛇とかかわる。太極拳は、もともと蛇と鶴の動きを象《かたど》ったものという。地を這う蛇の動きや、片足で立つ鶴の動きがある。太極拳の師・楊名時先生は白鶴の舞と名づけられた。鶴や蛇の動きを、天と地の舞として、優雅に、ゆっくりと、柔らかく、呼吸に合わせてお仲間と楽しくやっている。

大泉カルチャースクールの母体は、大泉学園駅北口前にあった英林堂書店である。私は文化出版局の編集者だったご縁で、楊名時先生、楊名時太極拳と出会い、大泉カルチャースクールとめぐり合った。

大泉には調布市の深大寺からバスを乗り継いで、毎週土曜日午前中の教室に1時間20分～

30分ほどかけて通っている。

大泉カルチャースクールは昨年創立40周年。その文化祭で、土曜、日曜の太極拳教室合同で、ゆめりあホールの舞台で舞わせていただいた。教室も一昨年八月に30周年記念の会を開いた。もう長いご縁をいただいていることになる。

今年一月には拙訳の絵本、トミー・ウンゲラーの『へびのクリクター』は79刷になった。縁起がいい。今年は、太極拳をしながら、へびの詩集をまとめなければと心に誓っているところである。


（「oh! かわらばん」'13夏号　エッセイ92）

祝辞　五和貴

二〇一二年一月に朝日新聞の朝日歌壇賞が発表されましたが、二〇一一年の入選歌から、四名の選者によって各一首が選ばれたのでした。四首とも、すべて震災、原発事故関連の歌でした。

このことは、発行人が歌人で楊名時太極拳師範の、日野きく先生の雑誌『短詩形文学』でも指摘されていました。

ちなみに、高野公彦先生選の、朝日歌壇賞受賞作は

福島を「負苦島」にして冬が来る汚染されたるまんまの大地　　福島市　美原凍子

東日本大震災は、特に福島県には大地震、大津波、原発事故、風評被害による幾重もの苦

をもたらし、今もなお苦しみが続いていて、わが家があっても避難先からわが家に戻れない方々も少なくないようです。たいへんでしたね（まだ過去形では申し上げられませんが——）。私自身は、ただ、心を痛めて、おろおろするばかりで、読売新聞一月七日号の「気流」欄に、「幸福　福来　元年　たつどし」として辰が立っているイラストとともに掲載された投書を手帳に挟んでおくだけでした。

ところで、福島県の浜通地区、いわきでの楊名時太極拳の教室が始まってから、今年で20周年になるとのこと、おめでとうございます。さまざまな苦難を越えて20周年を迎えられますことは、格別な重みがあると思います。

鈴木千種師範はじめ、当初から鈴木千種師範を助け、いわきの教室を育て、大きく成長させることにご尽力された先生方、会員の方々に敬意を表したいと存じます。

福島県支部を東北ブロックの雄に押し上げているのも、皆様方のお力が大きいと思われます。

福島県支部結成大会が、いわきで開かれたとき、師家・楊名時先生のお供をして出席させていただいたことが、昨日のことのように思い出されますが、プログラムの表紙は「五和貴」

と記されていました。

「五和貴」に関連して、このところ頭から離れないでいる言葉があります。

中国南宋の劉子澄が、儒者、朱熹（朱子）に指導を受けて編集した本『小学』にある言葉です。

「孝子の深愛《しんあい》有《あ》る者は、必ず和気《わき》有《あ》り。和気有《あ》る者は、必ず愉色《ゆしょく》有《あ》り。愉色有《あ》る者は、必ず婉容《えんよう》有《あ》り」（孝子之有深愛者、必有和気。有和気者、必有愉色。有愉色者、必有婉容）

父母を深く愛する孝子には、必ず暖かくなごやかな雰囲気（和気）がある。和気があれば、それは必ずやわらいだ顔色（愉色）となって現れる。さらにその愉色がもとになって、孝子の態度は、必ずやさしくなる、というのです。

「婉容」の「婉」はやさしい、「容」はすがた、「婉容」でものやわらかなようす、を言います。

目に和があるかどうか、顔が柔和かどうか、言（口）――言葉づかいはおだやかかどうか、体の和がとれているか、心に和があるかどうか、の「五和貴」に通じます。

「以和為貴」――和をもって貴しとなす、の和が和を呼び、和がさらによい結びつきをして、なお一層和らぎをもたらすことを教えてくれるようです。

和の連鎖、陽のつながりが、さらに一層の和を呼び、やわらぎを呼ぶことになれば、楊名時太極拳は一層の拡がりを見せ、楊名時太極拳の評価もさらに高くなるのではないか、と思っています。

日本全体を「福の島」にするよう、みんなで、元気に力を合わせて進みましょう。

（『福島県支部創立10周年記念誌』所収 ’10・5・29）

大塚忠彦先生　追悼

大塚忠彦先生（剛柔流空手師範、剛柔拳舎主幹、ＮＰＯ法人東京都武術太極拳連盟理事長）が二〇一二年十一月二十七日、逝去された。享年七十二。
「大塚さんは、正義の人、誠意の人、人情の人であった。東京都中央区で区議会議員を八期三二年つとめられ、空手道剛柔拳舎の主宰者として多くのお弟子さんを育てられた」（石原泰彦・公益社団法人日本武術太極拳連盟理事・事務局長）
確か中央区議会の議長もつとめられたはずである。奥様の大塚かづ子先生ともども太極拳に関わられ、楊名時先生と楊名時太極拳の早い時期からの支援者、理解者であられた。
中でも、『沖縄伝武備志』という、中国から沖縄に伝えられ、古来より沖縄の空手家のもとにあって、師から弟子へと写本によって保存されてきた幻の古書を、楊名時先生の監修のもとに翻訳し、長い年月をかけて現代語訳を成しとげ、ベースボール・マガジン社から、一九八六年四月に刊行されたことは忘れられない。

阪神淡路大震災のあと、竹植弘次常務理事と私に、「楊名時太極拳の本部道場会館を建てるなら、やはり土地を確保して、その上にしっかりした道場を建てるのがよい。急いで、ビルの中のある階を借りても買っても、ビル自体が地震で潰れてしまったら、無に帰するのだから」とおっしゃってくださったことも強く印象に残っている。

一九八一年九月十日〜二十一日、楊名時先生を団長に「楊先生と日中友好武術交流の旅」が、楊名時八段錦・太極拳友好会の主催で行われ、上海、西安、太原、大同、北京をまわり、日中友好武術交流を行ったときの、金澤弘和先生、三宅綱子先生、楊進先生とともに大塚忠彦先生も率先して参加された。

謹んで心より哀悼の意を表し、これまでのご厚情に感謝申し上げたい。

（「太極」第199号　'13・3・25）

功夫不騙人

日本健康太極拳協会群馬支部の設立大会は、二〇〇五年五月二十一日㈯、前橋市の群馬県庁が入っていた建物で開かれ、私も楊進先生たちとお伺いし、設立をお祝いしたことを覚えている。

その年の七月三日、師家、楊名時先生が逝去された。岩手県支部、秋田県支部など、支部設立が続いた年でもあった。

その後、群馬県支部は、田沼春生支部長を中心に、役員、会員が「同心協力」で、活発に活動し、「健康・友好・平和」を目ざし、楊名時八段錦・太極拳の普及・推進に熱心に取り組んでいるのは、うれしい限りである。

楊名時先生は、日本の方は頭のいい人が多いが、少しせっかちで、早く結果を求めがちだ、とよくおっしゃっていた。どのくらいやれば覚えられるのか、護身術になるかなどと聞かれることも多かったようだ。

太極拳のように、柔らかな、ゆったりした、円の動きは、なかなか日本人の気質になじまないかもしれないけれども、太極拳を愛好し、続ければ、きっとプラスになる、と師家は確信し、さまざまな困難を乗り越えて、率先してご自身で八段錦・太極拳を教えられた。

来年は、楊名時先生が日本で楊名時八段錦・太極拳の指導・普及にあたられてから五十年になる。楊名時先生がいらっしゃらなかったら、日本で太極拳（楊名時太極拳だけでなく）は定着しなかったと思うし、日本の中国武術も今日のような状況ではなかったであろう。楊名時先生に感謝するばかりである。

楊名時先生からは、太極拳の動き、健康法だけでなく、稽古要諦などの言葉を通して、中国の歴史、地理、言語、哲学、文化などを学ばせていただいた。生き方を学ばせていただいたと言ってよい。

「功夫不騙人［ゴンフプピエンレン］」という言葉は、とくに忘れることができない。

「功夫」は時間（工夫［ゴンフ］）をかけて修練すること、時間をかけて稽古して得られたわざ、うでのこと。稽古は、人を騙さない、という意味である。

ゴンフが、「カンフー」映画などと言われるようになった元の言葉のようだ。

自分の決めた、自分が進もうとする目標に向かって、日々努力を重ねていくこと、時間を積み重ねて努力している人を、このところ日本人は、あまり評価しなくなっているのではないだろうか。

太極拳は、毎日の稽古を積み重ねてこそ、よい結果が得られる。長く稽古すれば新たに見えてくる世界がある。太極拳を信じ、先生を信じ、自分を信じて、心を固め、楽しく進んでいこう。


（「太極ぐんま」第8号　'09・8・31）

星火燎原

青森県支部設立、まことにおめでとうございます。改めて、お慶び申し上げます。

二〇〇七年七月二十九日の支部設立大会に、楊慧先生や、佐藤如風理事、ご来賓の支部長の先生方ともども参加させていただき、うれしい限りでした。

当日、ご来賓の方でご祝辞の中に「星火燎原」について話された方がおありでしたが、青森県支部から原稿を依頼されましたので、よく師家・楊名時先生がお話しになっていた「星火燎原」について私も記してみます。

「星火燎原」とは、星のように小さい火（力）でも、広がって広野を焼き尽くすことができる、という意味です。「星星之火、可以燎原」とも言います。最初はあまり人に知られないようなことでも、良いことならば、信念をもって良いことを推進していくならば、やがて、野火の勢いのように、多くの賛同者が集まるようになり、燃え盛る火のように運動が広がるであろうという意味が込められています。

がんばってください、という励ましの意味で使われていることが多いと思います。

もともとは、新中国ができる前の、一九三〇年に毛沢東が用いた言葉ということですが、今も「星火計画」などと、中国の農村や中小企業の科学技術普及計画、地域内の中核産業の育成などの名前に活かされているようです。

青森県支部の会員数は、設立当初はまだ多くはなくても、太田るり子支部長以下、役員、会員が同心協力で努力すれば、大きな広がりを見せ、大きな力を発揮することになるだろうと信じておりますし、期待しております。

ごいっしょに前進していきましょう！

（「太極あおもり」創刊号　'08・3）

『盛岡ノート』のことなど

岩手県支部設立大会が開かれたのは、二〇〇五年七月十七日だった。師家・楊名時先生が急逝されて間もなく、楊進理事長と、会場の盛岡市中央公民館へ伺ったのが、昨日のことのように思い出される。

その後、岩手県支部が、蝦名将甫支部長を中心に役員、会員の皆様が、同心協力で、盛んに活動されているのは、喜ばしい限りである。

少し思い出話をさせていただく。

先日、本棚を整理していたら、立原道造《たちはらみちぞう》の『盛岡ノート』が出てきた。『盛岡ノート』は、盛岡市の方や岩手県の方はご存知であろうが、詩集『萱草《わすれくさ》に寄す』の詩人（建築家でもあった）、立原道造（一九一四〜一九三九）が死の前年、一九三八（昭和十三）

年九月～十月、盛岡へ旅した折の詩的散文を収めたものである。

私が大切にしてきた『盛岡ノート』は立原道造と縁の深い深沢紅子装画の小ぶりなフランス装の、美しい本である。昭和五十三（一九七八）年五月十日、かわとく壱番館発行。今も売られているかどうかわからないが、私が盛岡で見つけて買ったときは定価一二〇〇円であった。

この瀟洒な本を買ったのは、いつだったろう。

『盛岡ノート』が盛岡で出された昭和五十三年かもしれない、と雑誌『健康と長寿』で調べてみた。『健康と長寿』は、名古屋の健康と長寿の会発行の月刊誌で、楊名時八段錦・太極拳友好会の機関誌として、毎号「太極拳のページ」を設けてもらっていた。

一九七七（昭和五十二）年九月号が「鎖夏《しょうか》随想」特集号で、私はそこに、すっかり忘れていたが、「盛岡の朝」という短文を書いていた。

その年の七月二十二日、二十三日、盛岡へ行っている。その折りに『盛岡ノート』を求めたようである。

盛岡の児童書専門店「めびうす」の主人、柴田俊夫さんが絵本展を開催するというので、盛岡へ行き、会場の自治会館で、絵本の話をした。私の勤めていた文化出版局の絵本の作り方の姿勢を、拙訳の絵本、トミー・ウンゲラーの『へびのクリクター』などを例に話したのだった。

その夜、会場を移して、中津川に面した食事のお店で、「盛岡絵本の会」の第一回例会がもたれた。良書と子どもをめぐる文化に深い関心を抱いている、熱心な方々と懇談した。「すがすがしい興奮と刺激を与えられた」と、「盛岡の朝」で私は書いている。

翌朝五時半に城跡へ出かけ、盛岡の朝のすがすがしさを味わっている。

少し長くなるが、「盛岡の朝」から引かせていただく。

〈城跡は桜の名所でもあるようだ。濃い緑越しに、朝日はだんだら模様を描いて注ぐ。冷気の下、小鳥の声を聴きながら、石川啄木の歌碑（金田一京助氏筆）の前で太極拳をした。楊名時先生は、太極拳を鶴の舞、白鶴の舞とも言われているが、鶴の舞を歌碑に献じる気持ちで、心をこめた。岩手山はビルの蔭になって見えなかった。

太極拳を終えて、県立図書館の方へ出ようとしたら、つつと、リスが道に出て来た。私を歓迎してくれたようだった。しばらく静かに向き合ってからリスは、石垣のほうに戻っていった。私が歩くとリスも石垣伝いに動く。得難い時間だった。

あとでリスの話をしたら、柴田さんは「いることはいるのですが、人前に姿を見せることが少なくなったのに、よく出ましたね」と言われた。石垣にはへびもいそうだった〉

もう二十八年も昔のことなのに、盛岡の朝のすがすがしさが甦ってくる。

『盛岡ノート』に戻る。
立原道造は書く。

〈僕は見た
この町にも　僕を待っていた人のいることを
こんなに　とおい北の町に　僕を　待っていた人がいることは　どんなにかうれしい
ことだろう〉
僕は　いまは　ためらわずに　すなおに　すべての好意を　うけたらいい　と　おも
う　僕には　それよりほかに　何も出来ないのだ

（角川書店版『立原道造全集』による。ただし、かなづかいは、現代かなづかいに改めた。
監修＝盛岡立原会）とことわりがついている。

この町にも　僕を待っていた人のいることは、どんなにかうれしいことだろう、というフレーズに魅かれる。立原の、ピュアな、素直な心の吐露が見られる。

人は、他者とのかかわりの中で、精神的な充足感がうまれるという。待っていてくれる人、信頼してくれている人がいるのは喜びである。

太極拳を通して、全国の、すばらしいお仲間とご縁をいただいた。いいお仲間が待っていてくれると思うと、うれしい。

すがすがしい岩手県支部の方々と、またお目にかかれる日を楽しみにしたい。

（「太極いわて」第2号　'06・9・15）

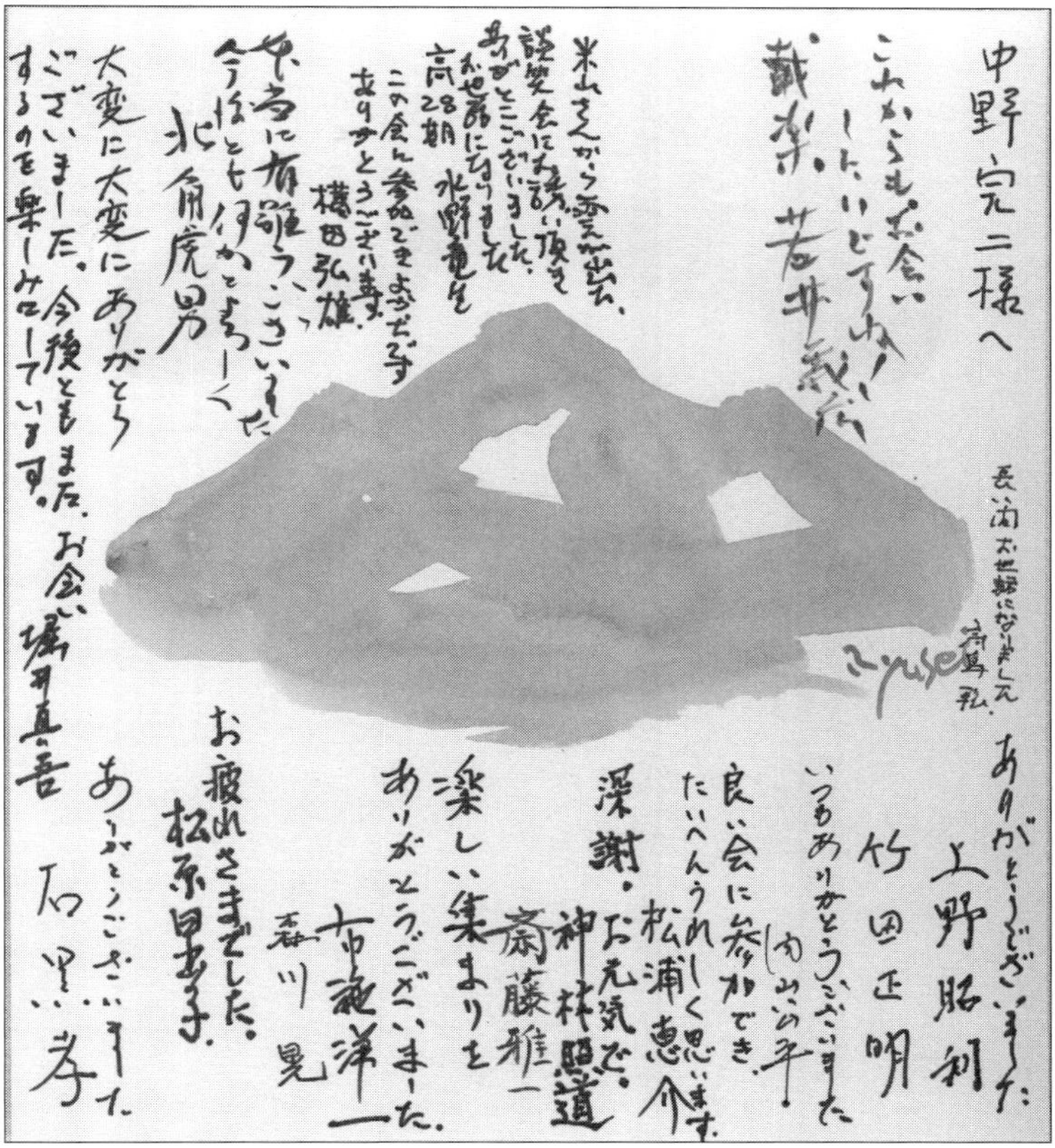

柏崎談笑会（次ページご参照）の世話人を、松浦孝義さんと二人で長年つとめてきたが、若い方々に世話人をバトンタッチした。第 755 回柏崎談笑会では、皆さんが寄せ書きをしてくれた。中央の山は米山。画家・水野竜生さんの絵。

柏崎談笑会第七五〇回例会開催

柏崎談笑会は、柏崎市、刈羽村の出身者あるいは関係者の有志が、毎月一回、故郷を懐かしんで東京で集まり、柏崎弁で大いにしゃべろう、談笑しようという会です。

毎月一回欠かさずに開いて、十月例会で第七五〇回となりました。

「七五〇を一二で割ると、六十二年半。六十三年前は昭和二十六年。僕らが柏崎高校に入る前の年です。七五〇回、柏崎談笑会の重さを感じます。継続は宝なり！　ですね」と出欠のご返事に書いてくださったのは、吉野哲也さん（この日所用で欠席）。

松浦孝義さんがお元気なら、どんなに喜んだか、と思うと残念でなりませんが、リハビリ中で、元気になりますようお祈りするばかりです。

第七五〇回記念の十月例会は、十月二十八日（火）夜、定例の会場、新宿・栄寿司西口店で開きました。お店は四階を貸し切りにしてくれて、鯛のお刺身の舟盛りを三艘も出して、お祝いしてくれました。

記念大会と言うべき例会ですけれども、特別記念品は用意しないで、人数は大勢にしたいと願っておりました。幸い柏崎からのご来賓や新参会者を含めると二十九名出席。うれしい限りでした。通常の例会の倍か倍以上にあたるでしょう。

記念品は、柏崎観光協会会長に就任された、柏崎日報の会長・山田明彦さんにお願いした柏崎の観光パンフレット、「柏崎鯛茶漬け」食べ比べガイドも載っている『ぅわっと！　柏崎』などが一つ。（柏崎市からも「新潟県のど真ん中　柏崎」のパンフをいただきました）二つめは、某氏のご厚意による「ジャンルを超えた名曲への散歩道」のＣＤ。三つめは、私の第三詩集『へびの耳』（思潮社より十月三十一日刊）でした。

内山知也先生（世話役代表、筑波大学名誉教授）による、柏崎談笑会の意義にもかかわる、文化と人についての丁寧なお話のあと、内山先生の音頭で乾杯。

「越後タイムス」柴野毅実主幹もお忙しい中をご出席くださったので、前日届いた「越後タイムス」で、十二月で休刊と発表されていた経緯などを話していただきました。

昨年十月の「柏崎談笑会ｉｎ柏崎」の会から一年経ちます。昨年お世話になった柏崎文化協会副会長の宮川久子様、牧岡孝様にもご挨拶いただきました。「詩歌を楽しむ柏崎刈羽の会」たより・23号をいただき、萩原朔太郎詩碑建立にご協力を――との呼びかけもありました。

柏崎文化協会発行の柏崎市民文化誌『風のいろ』に、山田貢著『越後の昔話　あったとさ』を文化出版局で出させていただいたことや、それを〈あったとさ絵本〉として著名な画家五人とのコンビで五冊発行した折の話、柏崎談笑会がご縁でできた本の話などを記録しておきたい、との私の申し出も快諾されました。

北原保雄・新潟産業大学学長、広川俊男・新潟産業大学副学長、広川先生と高校同期の株式会社リコー代表取締役会長・近藤史朗様、北角虎男様からもスピーチをいただきました。最後は、恒例の野良三階節と佐渡おけさ。北角さんが菅笠《すげがさ》をつけて踊ってくださいました。OB、OGの方にもご案内をさし上げ、平野せつ子さんから、伺えないけれど皆さまによろしく、とのご意向を伺うことができたのもうれしいことでした。

布施洋一さんは世界道路会議に日本代表として、南米サンチアゴへ出張でご欠席でした。

〈出席者〉内山知也、北角虎男、北原保雄、柴野毅実、広川俊男、近藤史朗、宮川久子、牧岡孝（まきたかし）、神林照道、水野竜生、内山公平、萩野敏明、矢口靖雄、斎藤雅一、松原日出子、横田弘雄、堀井真吾、上野昭利、森川晃、坂本敏、小林政敏、桑原稔、渡辺達男、桃川龍一、若井義弘、高島聡、青柳優子、竹田正明、中野完二。（敬称略）

（「越後タイムス」'14・11・10）

日久見人心

私は編集者として、楊名時太極拳の師家・楊名時先生の太極拳の本を作らせていただくのをきっかけに太極拳を始めた。今年二〇一四年で四十四年目を迎える。

楊名時先生には、太極拳、八段錦（八つの医療体術）の動きや呼吸法を教わっただけでなく、関連する文化、歴史、風土、稽古要諦などを、術語、言葉とともに教えていただいた。人間学を学ばせていただいた、と言ってもよい。

編集者でなかったら、このよいご縁と、あるいは無縁であったかもしれない。ありがたいことであった。

楊名時先生は、残念ながら、二〇〇五年七月に亡くなられたが、先生に教えていただいた心と技は伝えていかなければと、今、私は太極拳の教室などで、師家の思い出とともに話し、紹介している。

「日久見人心」（日久しくして人の心がわかる）という言葉も、楊先生は、よく黒板に大書されて説いてくださった。その人の名前や顔は知っていても、その心まではなかなかわからない。長くつき合って、初めて心を知ることができる。

「太極拳も同じです。太極拳を少しやっただけでは、そのよさは理解しにくい。長く続けていただければ、きっと、よかったと思われるはずです。始めたら、休まずに、止めずに稽古を長く継続してください」

日本の方は頭はよいけれど、せっかちで、どのくらいやったら覚えられるか、武術として役に立つかなどと、よく質問されるが、太極拳のような、柔らかい、ゆったりとした、無理のない動きは、年齢、性別を問わず、心と体を健やかにしてくれる、といつも、にこやかに笑顔でお話しくださった。

「日久見人心」は「路遥知馬力」（路遥かにして馬の力がわかる）と対になる語句で、道のりが長くなれば馬の実力がわかるというのである。「日久」は時間的な長さ、「路遥」は距離的な長さ。「久（ジウ）」は時間をかけて、長く継続してという意味を含んでいる。「持久」「悠久」の語もある。

「久」の字と、「酒」「九」の字と、中国語では同じ発音なのもおもしろい。

日久見人心
路遥知馬力

には、馬には乗ってみよ、人には添うてみよ、の意も含まれているようだ。

そのせいかどうか、楊名時先生は、たいていは「日久見人心」の句を中心にお話しになっていたような気がする。

「太極拳の求める境地は無極――限りがないものであるから、生あるかぎり稽古しても卒業ということはない。その意味で太極拳は禅にも通ずる」と楊名時先生はお書きになっている。(『新装版太極拳』)

今年の干支はウマ。私どもがやっている太極拳にも「野馬分鬃(イェマフェンゾン)」「高探馬(ガオタンマ)」と馬が入った技の名前がある。馬とヒトが密接なつながりを持っていた証であろう。

もともと太極拳は、鶴とへびの動きを象っているといわれる。私はへびを題材に詩を書いているので、一層太極拳を好ましく思うが、十二支にへびが入っているのもうれしい。

世界の十二支には、ネズミ、ヘビ、ウマ、サル、ニワトリ、イヌは共通しているようだが、ベトナムではウシの代わりにスイギュウ、ウサギの代わりにネコ、ヒツジの代わりにヤギ、イノシシの代わりにブタが入っているという。
ウマ年を元気に駆けていきたい。「蛇稽古」になってはいけない。蛇稽古とは春、冬眠からさめて穴から出たころに学び始め、秋の終わり、冬眠するころに止めてしまうこと。何事も継続は力なりである。

（「越後タイムス」'14・1・1）

柏崎で初めて「柏崎談笑会」開催

柏崎・刈羽出身者、関係者の集まり「柏崎談笑会」は、東京で毎月一回故郷を懐かしんで開いてまいりましたが、十月例会を柏崎で開き、今年二〇一三年東京ドームでのご当地どんぶり選手権でグランプリをもらった柏崎の鯛茶漬けを食べたい、ということになりました。その願いがついに叶うことになりました。十月十一日に柏崎に行くことになったのです。

九月に第七三七回目の例会を開いた長い柏崎談笑会の歴史を振り返っても、柏崎で開くのは初めてです。昭和四十一年春に、一回だけ岩室温泉へ出かけていますが、柏崎での開催はありませんでした。

せっかくの帰郷です。訪ねたい所は少なくありませんが、談笑会会員の北原保雄先生が四月から学長になられた新潟産業大学をお訪ねしたい、それに、開館したばかりのドナルド・キーン・コロンビア大学名誉教授の業績を紹介する「ドナルド・キーン・センター柏崎」へも伺いたい、ギャラリー三余堂、柏崎ふるさと人物館にも寄りたい、と次から次へと欲が出てまいりました。

十月十一日は午後一時にＪＲ柏崎駅で待ち合わせ、新潟産業大学のバスで各所へ連れて行っていただきました。ありがたいことでした。柏崎談笑会会員で新潟産業大学講師の権田恭子さんが案内役をつとめてくださいました。

産業大学では北原学長、広川俊男副学長が迎えてくださり、小休止ののち、「ドナルド・キーン先生が本日来られていて、『五世鶴澤浅造《つるさわあさぞう》』（キーン先生の養子になられたキーン誠己）さんの授業『日本の伝統芸能』の講義に立ち会っていらっしゃる、その授業にご参加くださ い」と言われました。早速Ａ111教室へ行くと、近松門左衛門の『曽根崎心中』天神の森の段を三味線に合わせて、学生全員で声に出していて、びっくりしました。教室で浄瑠璃を、専門家にしっかり学んでいるのです。

キーン先生も日本文学、日本文化を学んだときのことや、日本文化を学ぶことがグローバルな視点を養うことになるとお話しになりました。

諏訪町のドナルド・キーン・センター柏崎は、ニューヨークの自宅の書斎が復元されていて、建物もすばらしく、映像も諸資料も見応えがありました。

柏崎はキーン先生とよいご縁をいただいた。運営の公益財団法人ブルボン吉田記念財団にも感謝申し上げたい、と思います。

そこに、キーン先生もご登場で、写真撮影に。

ギャラリー三余堂では富士山の作品特集の展示を拝見。柏崎コミュニティ放送のインタビューを受けました。

柏崎ふるさと人物館の常設展示は充実していますが、今回は企画展示室の「本の配達人――品川力《つとむ》とその兄妹《きょうだい》」が見たい。柏崎市立博物館秋季特別展「光と影の造形詩人　品川工《たくみ》展」と同時開催です。柏崎からすごい人物が出ていると思います。品川力さんには、越後タイムス読者大会でお目にかかったことがあるだけに一層喜ばしく思いました。

午後六時から鯨波《くじらなみ》のホテルメトロポリタン松島で開かれた柏崎談笑会（懇親会）には会田洋柏崎市長も、お忙しいなかをご出席くださり大感激でした。

神林照道さん、竹田正明さん（世話役）の司会で、柏崎市長、相澤陽一・柏崎文化協会会長、内藤信寛・柏崎観光協会会長、内山知也先生（談笑会世話役代表、筑波大学名誉教授）、北原新潟産業大学長のご挨拶をいただき、北角虎男・元千葉県議会議員の乾杯のご発声で懇親会に入りました。

柏崎市、柏崎観光協会、ドナルド・キーン・センターからお祝いにお酒をいただきました。

柏崎文化協会の阿部松夫事務局長には終始お世話になりました。

自己紹介の形で参加者全員が話したあと、待望の鯛茶漬けが出ました。モズクが入っているのは珍しかったのですが、私にはダシの塩味がききすぎているように思われました。鯛も、グランプリ仕様と比べると少し小ぶりのように思われ、少々期待はずれでした。どんぶり選手権に柏崎の鯛茶漬けを推した税理士の橋本誠行さん（今回の催しのホテル側との折衝にあたってくださいました）によると、インターネットで探ると、五人前六千円程度で鯛茶漬けを全国発売している地方があるのに、柏崎は対応が遅いのでは、とのこと。

柏崎の鯛茶漬けの市民投票を含め、売り出し方を工夫する必要があるのかもしれません。観光協会から柏崎の鯛茶漬けマップをいただきました。

最後は、東京の例会のように、菅笠の北角さんの踊り、内山先生、北原先生の音頭で野良三階節と佐渡おけさを歌って会を締めました。


翌十月十二日は雨。霜田文子さんと品田政敏さんの車で、ホテルに宿泊した七名が、柏崎市立博物館、木村茶道美術館（松雲山荘）、游文舎（霜田文子油彩展「風の卵」）を案内していただきました。

二日間とも「米山さん」は雲に隠れて見えなかったのは残念でしたが、私どもを快く迎えてくださり、「お帰り」と言ってくれたことに感謝したい。限られた時間でしたが、ふるさと柏崎の文化の宝物、良心と言ってもよい施設や、人士に接することができたことを心より喜んでおります。

松浦孝義さんが元気なら先頭に立って案内役をつとめてくれたはずです。松浦さんも、参会者も、柏崎も、元気になーれと祈るばかりです。

柏崎はいいなあ、柏崎の海ほどきれいな海はないなあ、との声しきりでした。

〈参加者〉柏崎市長・会田洋、柏崎観光協会会長・内藤信寛、柏崎文化協会会長・相澤陽一、宮川久子、牧岡孝、長井満、阿部松夫、名塚朝子、山田明彦、吉田眞理、栗林淳子、小林清禧、巻口省三、水野紀一、霜田文子、大矢良太郎、柴野毅実、岩本潔。〈柏崎談笑会から〉内山知也、北原保雄、北角虎男、橋本誠行、布施洋一、権田恭子、渡辺達男、神林照道、竹田正明、中野完二、鈴木清一（新潟より）、品田政敏（田上町より）、水野竜生（東京より）。（敬称略）

（「越後タイムス」'13・10・25）

柏崎談笑会第七〇〇回記念大会

柏崎談笑会は、毎月一回故郷を懐かしんで、東京で集まりを持ってまいりましたが、二〇一〇年八月三十一日には第七〇〇回を迎えました。

例会場の新宿栄寿司西口店には、六時三十分の開会前には、例月を大きく上まわる二十六名が集合、盛大な第七〇〇回記念大会となりました。

世話役の松浦孝義さんがリハビリ中で欠席だったのは残念ですが、松浦さんが「越後タイムス」に書いた「柏崎談笑会のあれこれ」のコピーを配布、松浦さんからのメッセージを私が代読しました。

今回の記念品は、同郷の北原保雄先生編の『明鏡国語辞典〔携帯版〕』（大修館書店刊）に、「柏崎談笑会第七〇〇回記念」を表紙に金箔押ししてもらった辞典でした。

内山知也先生のご挨拶と乾杯のご発声に続いて、この日出席してくださった北原保雄先生

（筑波大学名誉教授、前筑波大学学長）から『明鏡国語辞典』についての話をしていただきました。

北原先生も「よい辞典です」とおっしゃっていましたが、豊富な用例、用法・表現に踏み込んだ解説がされているなど、早速重宝しています。

元新潟日報記者で、秋艸会の『秋艸』編集の鈴木清一さん、柏崎観光協会会長の内藤信寛さん、柏崎市産業振興部企業立地推進室室長代理の春川純一さんにもご挨拶いただきました。内藤さん、春川さんから、原酒造のお酒「銀の翼」「百折不撓」をお祝いに頂戴しましたので、一同大いに喜び、美酒を味わい、鹿嶋鳴秋「浜千鳥」や桑山太市朗さんの話で盛り上がりました。

最後に野良三階節が出るまで歌は出ないで、談笑が中心、ゆったりした時を過ごしました。十月に幻の古浄瑠璃「越後國柏崎・弘知法印御伝記」の東京公演があることなど、柏崎と東京を結ぶ話題でも、熱い意見が出ました。

金子振二さん、竹田正明さんのお力を借りて、もう少し中野が世話役をつとめさせていただくことになりました。

〈出席者〉内山知也、北原保雄、鈴木清一、内藤信寛、春川純一、関本和幸、倉部俊司、猪爪博、布施洋一、三宮誠一、松原日出子、矢代吉榮、金子振二、竹田正明、品田政敏、吉野

幸雄、桃川龍一、小林保廣、矢口靖雄、上野昭利、橋本誠行、堀井真吾、若井義広、久保康夫、小川眞知子、中野完二（敬称略）

（「越後タイムス」'10・10・1）

〈蛇足〉

柏崎談笑会は、二〇一七年九月例会で、第七七〇回となっています。

柏崎と長崎

旧臘十二月四日の朝日新聞は、「柏崎にキーンさん記念館」ができることになった、と報じていた。「柏崎」という大きな活字の見出しが目に飛び込んできた。近頃になく、うれしいことだった。

本文は「日本文学研究で知られ、東日本大震災後に日本永住を決めたドナルド・キーンさん（89）の記念館が二〇一三年秋、新潟県柏崎市にできることになった」と簡潔に伝えていた。キーンさんは、柏崎を舞台にした古浄瑠璃の復活公演を働きかけ、三百年ぶりの復活公演に結びつけた。このご縁を生かそうと菓子製造のブルボンが記念館建設を計画したというのである。

すばらしいニュースだ。「越後タイムス」十二月九日号は、ニューヨークの、キーンさんの自宅にあった書籍や家具類の寄贈を受けることになり、贈呈式が行われた、と記している。

この記念館は、柏崎の新しい文化の拠点、新名所になることであろう。柏崎は世界に対して、ごく自然に文化の発信をしていくことになる。

私がキーンさんとお会いしたのは、文学関係の、あるパーティの席だった。もう二昔以上も前のことだ。何を話したか覚えていないが、キーンさんの柔和な笑顔が印象に残っている。キーンさんと昵懇《じっこん》の朝日新聞の名物記者、濱川博さんがご紹介くださったのである。

濱川さんとは、「仮面の会」という、出版編集者を中心にした集まりで、よくお会いしていた。出版社を横断するような、非公式な、出版人、編集者たちの飲み会だった。私は文化出版局の編集者として、年に何回か参加し、よく飲みながら、学ばせてもらった。

銀座の「長崎県人クラブ」や浅草の「染太郎」などが主な会場だった。長崎県人クラブは、濱川さんが、長崎県島原市出身のご縁による。私の妻が島原市の西、西有家町（現・南島原市）の出だと知ると、濱川さんは前にも増して親近感を示してくださった。

濱川さんと同年輩、株式会社木耳社の田中嘉次社長とも「仮面の会」でよく隣り合わせた。「柏崎の生まれです」と申し上げると、田中さんは、あるとき、こう言われた。「日本でいちばんいい市《まち》は長崎と柏崎だと思いますよ」

いい市とは、単に街並みがきれいなだけでなく、その市の文化度、文化の継続性や歴史、住んでいる人の質、人間性、それに食べ物などを強調したい口ぶりであった。

柏崎在住や出身の方が木耳社から、芸術性の高い書籍を出版した際には、柏崎を訪れる機会もあったようだが、そのたびごとに、ますます柏崎が好きになったと田中さんは付け加えた。「仮面の会」もなくなり、濱川博さんも田中嘉次さんも亡くなられたが、キーンさんの記念館が柏崎にできるのは、濱川さんも田中さんも大喜びしてくださることだろう。

わが故郷・柏崎、第二の故郷・高崎、妻の故郷・長崎は、偶然ながら、どれも「崎」がつく。「崎」には先端の意味もある。

柏崎が文化の先端都市として、文化の街として輝き、大きく育ってほしい、と私は願っている。

（「越後タイムス」'12・1・1）

石川忠久先生に七言絶句を賜わる

東京・御茶ノ水の湯島聖堂斯文会《しぶんかい》の文化講座の一つ「健康太極拳」講座は、今年開講二〇周年を迎え、七月二十五日（土）、大成殿前の稽古のあと、二〇周年記念祝賀会が、東京ガス青山クラブで開かれた。

指導担当の中野、竹植弘次師範、野村峯堂師範が会員の皆さまから祝っていただき、記念の特性マグカップなどをいただき恐縮した。明治大学マンドリンクラブOB三名の方々の生演奏、お世話になった師範方、OB、OGの祝辞などで和やかなひとときを過ごした。

なかでも、ありがたかったのは、公益財団法人斯文会理事長で、漢詩研究、漢詩実作指導の第一人者、石川忠久《ただひさ》先生（号は岳堂）から、「慶賀湯島聖堂健康太極拳二十年」として、お祝いに左のような七言絶句の自筆の漢詩をお贈りいただいたことである。

原詩と、石川先生によるふりがなつきの読下し文を、ご紹介させていただく。

師家・楊名時先生が中国・五台山の麓にお生まれになったことを踏まえ、「蓬島」（この場合は日本をさす）に「正法《しょうぼう》」たる楊名時太極拳を伝え、その教えが楊名時先生からその弟子に伝えられ、受け継いで教えられている。

杏壇は、広い意味では学問所、講堂の意味だが、湯島聖堂には「杏壇」の扁額《へんがく》が掲げられた「杏壇門」がある。

石川忠久先生は、前二松学舎大学学長、全国漢文教育学会会長、日本学術会議会員、文学博士でいらっしゃり、湯島聖堂斯文会でも平成二十七年度は、「唐詩鑑賞」「漢詩作法」「日本の漢詩」「中国の名言・成語」などの講座をご担当です。

正法五台山下興　　正法　五台山下に興《おこ》る
伝於蓬島有師承　　蓬島《ほうとう》に伝えて師承有り
杏壇門裡廿年業　　杏壇門裡廿年《きょうだんもんりねんねん》の業《ぎょう》
喜見湯岡佳気蒸　　喜び見る　湯岡佳気《とうこうかき》蒸《む》すを

平成二十七年六月吉日
慶賀湯島聖堂健康太極拳二十年
岳堂

（「太極」第214号　'15・9・25）

第44回吉野秀雄・艸心忌

柏崎とゆかりの深い歌人・吉野秀雄（一九〇二～一九六七）を偲ぶ第四十四回艸心忌《そうしんき》が、七月二日（土）午後二時から鎌倉市二階堂の菩提寺・瑞泉寺で執り行われた。暑さ厳しい中を、百十名を超す方々が出席された。司会は佐渡の福島徹夫氏。

瑞泉寺ご住職で歌人の大下一真師の読経、焼香のあと、艸心忌関係のこの一年間の報告を、世話人を代表して私がさせていただいた。

まずは三人の方々の訃報。

秀雄先生の兄弟姉妹の中で、ただひとりご存命だった妹様の金井和子様のご逝去。今年の一月十二日、高崎で亡くなられた。享年九十六。

鎌倉の中華料理店「鎌倉飯店」主人、根岸侊雄様が昨年八月十七日に亡くなられたこともお伝えした。秀雄先生の短歌のお弟子さんとも言うべき歌人・山崎方代さん（一九一四～一九八五）の熱心な応援者で、大下一真ご住職といっしょに「方代忌」を推進されてこられた方であった。

もうおひとりは、「越後タイムス」前主幹の吉田昭一さん。今年三月二十日逝去された。享年八十。吉田さんは第二十四回艸心忌で、「吉野秀雄先生と柏崎」という題で講演された。吉野秀雄先生と柏崎との長い交流の中心に「越後タイムス」と吉田昭一さんがいたと言ってよい。

うれしいニュースでは、柏崎の阿部松夫さん（柏崎文化協会事務局長）が編著として、『北海大風——吉野秀雄と柏崎』を本年四月二十六日に発行されたことを挙げた。

本は、秀雄先生の歌の中から、柏崎および柏崎人を詠んだ短歌編、柏崎についての秀雄先生の随想をまとめた随筆・随想編・柏崎人による吉野秀雄に関する論考・追想編に大別され、補稿として阿部松夫さんの艸心忌参会の記を収めた労作である。秀雄先生の母上の生家、柏崎市野田の罇家《もたいけ》を訪れ、カラー写真とともに、吉野秀雄と柏崎の血縁的な結び付きを探っている。よい本である。

高崎市の第九回吉野秀雄顕彰短歌大会のこと、同大会副会長で艸心忌世話人の佐野進先生から、第十回同大会の一般の部募集要項を配布していただいた。

世話人に東京学芸大学付属高校教諭・鈴木芳明先生が加わり、来期から世話人代表を、吉野家ご親族のおひとり、吉野晃・東京学芸大学教授がつとめることになっている。

恒例の講演は大下一真師。演題は「吉野秀雄と山崎方代」。

研究誌『方代研究』編集人で、『山崎方代の歌』や『方代さんの歌をたずねて――放浪篇』などの著書もある大下師は、「方代短歌三十首選」筑摩書房刊『吉野秀雄全集』第六、七巻所収の方代さん来訪の日記部分を抜いた資料をもとに、二人の歌人の歌業と人柄がわかるように、時にユーモラスに、熱っぽく話してくださった。

死をいとひ生をもおそれ人間のゆれ定まらぬこころ知るのみ　秀雄

手のひらに豆腐をのせていそいそといつもの角を曲がりて帰る　方代

おふたりの歌碑は瑞泉寺山門脇にあるが、並んではいない。寄り添ってはいないが、独自の詠いぶりと書で存在感を放っている。

血走れる君がまなこは戦傷のためと今日聞きわれ畏まる　秀雄

歌誌『砂丘』や方代忌関係者、鎌倉歌人クラブの方々、太極拳の仲間も浜松からも参加し、うれしいことだった。新潟から鈴木清一さん（『秋艸』編集長）も参加、北海大凪の歌碑設立のとき、新潟日報柏崎支局長として報じたことなどを話していただいた。

（「越後タイムス」'11・7・22）

〈蛇足〉

「越後タイムス」掲載時の私の肩書は、艸心忌世話人代表だった。二〇一二年から東京学芸大学教授・吉野晃氏が世話人代表に就き、現在に至っている。

吉野秀雄・艸心忌は、今年二〇一七年七月一日、第五十回を迎えた。第五十回艸心忌も鎌倉市の瑞泉寺での開催であった。この先、長く続くよう世話人で話し合っている。

第40回艸心忌開かれる

新潟県、とくに柏崎とは縁の深い、昭和を代表する歌人・吉野秀雄先生（一九〇二〜一九六七）が鎌倉で亡くなられたのは、昭和四十二年七月十三日であった。

翌年の一周忌より、忌日の前の、七月の第一土曜日に、毎年、歌人を偲ぶ集い、艸心忌《そうしんき》が、菩提寺である鎌倉の瑞泉寺で開かれきた。

今年、七月七日、七夕の日には、記念すべき第四〇回艸心忌が開催された。

鎌倉駅に着いたときには、傘をさしている人もちらほらいたのだが、瑞泉寺に着く頃には、雨はすっかり上がり、樹々のみどりがしっとりした潤いをもって迎えてくれた。

私は、父が秀雄先生と親しくさせていただいた縁で、艸心忌世話人会の末席に加わって約二十年になる。

今年は、ピンチヒッターとして、世話人代表を受けざるをえなくなって、昨秋から講師依頼など会の準備を重ねてきただけに、受付が混雑するほど参会者が多くなったのは、うれしい限りであった。約百名になった。

今年から、事務局を以前のとおり株式会社吉野藤に置いていただくことになり、吉野藤の方々が会場も支援してくださったこともうれしく、頼もしかった。

午後二時開会。瑞泉寺住職で歌人、歌誌『まひる野』編集の大下一真師の読経、焼香、世話人からの報告に次いで、今年の講師、歌人で第四〇回迢空《ちょうくう》賞受賞の小島ゆかり先生の講演「葱《ねぎ》の大尽《だいじん》——吉野秀雄の魅力」に移った。

(迢空賞の第一回受賞者が吉野秀雄先生だから、第四〇回受賞者の若々しい小島ゆかり先生が第四〇回艸心忌でお話しくださるというのも奇しきご縁である)

演題の「葱の大尽」とは、秀雄先生の『含紅集』所収の歌

下仁田葱を呉るるならひの三たりゐて歳暮《さいぼ》には葱の大尽となる

下仁田葱柔柔《にたにた》として神楽舎《ささらのや》の翁嘉《おきなよみ》ししこともはるけし

に由っている。

小島先生は、一九九九年、新世紀を迎えるにあたって、下仁田葱の歌の三人にお礼の手紙を、毎日新聞に書いたという。

小島先生は、歌誌『コスモス』選者。師・宮柊二から吉野秀雄の人と歌についてよく聞かされていた、とのこと。

『コスモス』の大先輩で昨年二月逝去された安立《あんりゅう》スハルさんの秀雄先生の死を歌った「七月十三日以後」二十五首を『安立スハル全歌集』より引かれて、

ほがらかに大きくありしみこころをわが思ふとき人も言ひいづ

などを澄んだ声で読まれた。

この日、秀雄先生が安立スハルさんに宛てたハガキや書簡類が特別展示されていた。ご縁のつながりを強く感じさせられた。

講演は明快で、吉野秀雄の歌が、細やかな言葉づかいで、言葉の一つ一つがみごとに歌を支えている、と説かれた。

「吉野さんならではのユーモア、作品群の中に流れる人間的なユーモア、心の暖かさ、人への心の通った、愛情が込められている歌がすばらしい」

と、十八首を例に話された。

エネルギーあり余るかに腕振《うでふ》れる石黒敬七は羨《とも》しきろかも

は、『早梅集』にある昭和十三年作の秀雄先生の歌。エネルギーという新語、石黒敬七という固有名詞、「羨しきろかも」という歴史のある古語を一首に収めている新しさ、巧みさなどを指摘された。「石黒敬七は柏崎の人です」と会場から声がかかったことも印象的だった。柔道家・石黒敬七も、「はるけし」人になったのだろうか。

柏崎から、どなたがおいでになっているかわからなかったが、柏崎出身の阪本芳男氏にはご挨拶された。新潟日報社の山田修氏は新潟から、砂丘短歌会の渡辺喜八郎さんは新発田、福島徹夫さん、萩原光之さんは佐渡からの参加だった。

講演のあと、中村和子さんの、横須賀高女（現・横須賀大津高校）の校歌を作詩された吉野秀雄の歌碑をめぐるお話があり、校歌がＣＤで会場に流された。午後四時散会。

会場裏の夢窓国師《むそうこくし》の庭には、半夏生《はんげしょう》の白があざやかだった。

（「越後タイムス」'07・9・7と9・14）

〈蛇足〉

本稿は「越後タイムス」に上下二回に分けて載った。寄稿したのは中越沖地震発生の直前だった。「本来7月20日号に掲載の予定だった。地震のためとはいえ、掲載が遅れたことをお詫びしたい」という「越後タイムス」編集発行人・柴野毅実氏の「訂正」とお詫びが付された。

中宮寺の會津八一歌碑除幕式に出席

奈良を愛し、生前三十五回も奈良を訪れたという、歌人で、美術史家、書家の、秋艸道人・會津八一《あいづやいち》先生（一八八一〜一九五六）の新しい歌碑が、平成二十二（二〇一〇）年、奈良県斑鳩町《いかるがちょう》の中宮寺に建てられた。

平城遷都千三百年の年に、奈良・喜光寺に続いて、奈良での二基目（通算十七基目）が中宮寺に建てられ、十一月二十九日に歌碑除幕式があるという。

この日、早起きして、東京から中宮寺へ行ってきた。新潟の會津八一記念館内の中宮寺會津八一歌碑建立の会から呼びかけがあったので、ささやかな募金をさせていただいたご縁である。除幕式は午後一時半から始まる。逆算して、午前九時の新幹線のぞみ号に乗る。京都、近鉄奈良、JR奈良駅経由で、法隆寺駅にたどり着き、そこから中宮寺まで約二十分歩いた。幸い一時二十分頃、中宮寺に到着。

中宮寺本堂内で、国宝の菩薩半跏《はんか》像（伝 如意輪《にょいりん》観音）を拝してから、本堂前の除幕式に臨んだ。

晴れてはいたが、冴えた気が満ち、風も強く、寒い日だった。コートをぬいで膝にかけていたけれども、式典の後半は、寒くてコートを着ざるをえなかった。

歌碑に刻まれたのは、中宮寺の本尊、菩薩半跏像を詠った會津八一先生の歌

みほとけの　あごとひぢとに
あまでらの　あさの
ひかりの　ともしきろかも
　　　中宮寺にて　秋艸道人

である。碑面は「あことひちとに」などと濁点なし。

『南京新唱』所収の作品である。

除幕では、日野西光尊・中宮寺門跡、新潟日報社社長、日本経済新聞社会長、大野玄妙法隆寺管長、神林恒道・會津八一記念館館長らが、歌碑を覆っていた白布を引いた。

高さ一・八メートルを超すような、堂々たる花崗岩の碑が台座の上に、御本尊の鎮座する

本堂に向い建っていた。

日野西門跡の「表白」、法隆寺の高僧方による読経のあと、「献歌」として、山口佳恵子さんの素読・歌唱、宗次郎さんのオカナリ演奏があった。装いも音も、奈良時代に戻ったような趣があった。

式典には、全国から約二五〇名が出席していたから、どなたがご出席か分からなかったが、式典のあと、秋艸会の会報『秋艸』編集長・鈴木清一さんご夫妻、秋艸会事務局長・佐藤悟さんとお目に掛かることができた。

その後開かれた法隆寺聖徳会館での祝宴でも、鈴木さんたちにお世話になった。碑の前にも「八一」という清酒が献じられていたが、祝宴でも「八一」の三百ミリリットル瓶がついた。口当たりのよい、穏やかな酒であった。長岡の「長陵」醸とか。


私が初めて奈良を訪れたのは、大学一年の夏だった。抱えていったのは、會津先生の『鹿鳴集』(「南京新唱」を含む)でも、和辻哲郎の『古寺巡礼』でもなく、吉野秀雄先生の『鹿鳴集歌解』である。吉野先生から、父・中野幸一郎が贈られた本だ。父は吉野先生と同い年で、吉野藤に勤めていたご縁による。創元社版の、ざら紙の本だったが、會津先生の歌と背景を理解するには、大いに役立った。

その時、中宮寺、法隆寺を訪ね、奈良の博物館脇の日吉館に泊めてもらった。會津先生の扁額を掲げる名物旅館だった。階下で安藤更生先生がビールを飲んでいらっしゃった。

今回、奈良博を訪ねてから、翌三十日帰京、新宿で開催される柏崎談笑会の十一月例会に直行した。

奈良は、會津八一先生、吉野秀雄先生とのご縁を思い起こさせ、ふるさとや、心のふるさとを思い起こさせてくれる「ともしき」（心惹かれる）地である。

（「越後タイムス」'11・1・28）

〈蛇足〉

今年二〇一七年十月七日〜十二月十日、高崎市保渡田町にある群馬県立土屋文明記念文学館で、歌人吉野秀雄先生没後50年記念の企画展「ひとすじに真実を、ひとすじに命を」吉野秀雄・中野幸一郎　往復書簡展が開かれた。展示もよくまとめられ、図録もりっぱであった。改めて吉野秀雄先生と父・中野幸一郎の交友を書簡を中心に確認することができ、うれしい限りだった。

二〇〇五年という年

二〇〇五年という年は、楊名時八段錦・太極拳にとって、特別に大きな意味を持つ、画期的な年でした。

第一に、師家・楊名時先生のご逝去を挙げなければなりません。『太極』第一五三号は、校了寸前に、巻頭ページを削り、次のような日本健康太極拳協会からの「謹告」を掲載いたしました。

〈残念な、悲しいお知らせでございます。私どもの敬愛するご老師で、楊名時八段錦・太極拳師家、日本健康太極拳協会最高顧問の楊名時先生は、川越・帯津三敬病院に入院して病気療養中でしたが、手厚い看護も空しく、急に容体が悪化し、七月三日（日）午後〇時二十二分、腎不全のため急逝されました。故人の遺志により親族のみで密葬が行われ、七月二十九日（金）、東京・帝国ホテルで「お別れの会」を開くことにいたしました。楊名時先生のご

冥福をお祈りしつつ謹んでお知らせ申し上げます〉

七月二十九日には、帝国ホテル本館二階「孔雀の間」で「お別れの会」が厳粛なうちにも盛大に行われ、三笠宮崇仁殿下をはじめ一六〇〇余名が、楊名時先生とのお別れをいたしました。

二番目に、永年の念願だった本部道場会館（楊名時太極拳記念館）が東京都千代田区神田錦町二‐五‐一〇に落成したことが挙げられます。十月十一日（火・大安）に竣工修祓式、テープカットが執り行われ、学士会館に会場を移して竣工祝賀会が開催されました。

本部道場会館落成にともない、日本健康太極拳協会事務局、㈲楊名時太極拳事務所は東中野から神田錦町二‐五‐一〇に移転、十月十七日から新しい電話とＦＡＸでの対応が始まり、今日に至っております。

（『楊名時太極拳五十年史』'10・10・10）

おわりに

『太極悠悠』と題する本を二冊、時空出版株式会社から出していただいた。最初の本は、『太極悠悠――日常から見つめる非日常』（二〇〇〇年九月、第一刷）で、二冊目は、『太極悠悠2――楊名時太極拳を楽しむ』（二〇一二年五月、第一刷）であった。二冊目は、タイトルの『太極悠悠』とともに「2」を大きくつけていただいた。三冊目にあたる本書も、『太極悠悠2』に続いて、『太極悠悠3』と「3」をつけることにするが、前二書と合わせて、揃ってご愛読いただければ幸いである。

「太極」とは、古代中国の思想で、宇宙を構成する根本の気のこと。太極拳は中国古来の武術で、中国人の思想、民族性を端的にあらわした一種のバランス運動だが、現代では医学方面にも取り入れられ、医療対術、あるいは国民体操として、中国だけでなく、日本でもひろく愛好されている。世界にも広まっている。呼吸法にのっとって、内面の〝気〟を養い、年齢、性別にかかわることなく、だれにでもできる、柔らかな運動である。

この太極拳を日本に伝え、献身的に推し進められたのが、楊名時先生だった。師家・楊名時先生がいらっしゃらなければ、日本に太極拳が根づかなかったかもしれない。中国武術も育たなかったかもしれない。

「健康・友好・平和」をスローガンに、人様と仲よく、ほかの国とも仲よく、健康を大切にしていこう、競う太極拳ではなく、和の太極拳を目ざそうという楊名時先生のお志、目標が日本と日本人に受け入れられたことを、師家・楊名時先生亡きあとも改めて「大恩人」と評価させていただきたいと思う。敬意をもって楊名時先生太極拳のすばらしさを皆さまに伝え、広めたい、と願っている。

特定非営利活動法人・日本健康太極拳協会とともに生きてきた。私の日常の一端が、先輩や同学たちと交流してきた模様が、太極拳とともに生きてきた証として示されているのではないかと思う。

活動を継続して、あせらずに、一歩一歩、前進しなさいよ、「あいおおく」ですよ、と師家・楊名時先生は、天上でおっしゃっているように思われる。

「あいおおく」は、師家・楊名時先生から教えていただいた、五つの戒めの言葉で、

あせらず
いばらず
おこらず
おこたらず
くさらず

である。頭を綴ると「あいおおく」（時には「愛おおく」と綴る）となる。「あいおおく」は、私には、人生哲学、人生訓のように思われる。私は結婚式の仲人を頼まれたとき、「あいおおく」を仲人からのお祝いの言葉として使って喜ばれたことがある。

本書も、前二書同様に、静岡県御殿場市にあって老人性痴呆医療と真剣に取り組んでいる「富士山麓病院」（清水允熙《のぶひろ》院長）で発行する『富士山麓病院新聞』に、〈太極悠悠〉のタイトルで連載させていただいた原稿がもとになっている。清水院長、『新聞』の元編集長の故・鷹橋信夫氏、現編集長・川村研治氏に感謝を捧げたい。

富士山麓病院の前身は、御殿場高原病院で、新聞名も『御殿場高原病院新聞』だった。
なお、清水允熙院長は二〇一四年十月、東北大学特任教授に任命され、国内や中国の大学から招聘されて、中国でも活躍されている。

時空出版株式会社の藤田美砂子さん、塚越絹子さんには大層お世話になった。装幀の田中和浩さんともども記して感謝申し上げたい。

中野完二

二〇一七年初秋

中野完二（なかの・かんじ）

1937 年 1 月、新潟県柏崎市生まれ。群馬県立高崎高校を経て、1960 年、早稲田大学第一文学部仏文科卒業。文化服装学院出版局（現・文化出版局）に入り編集者として勤務。1997 年、文化出版局を定年退職。

1971 年、太極拳の楊名時先生に入門。

楊名時太極拳師範。NPO 法人日本健康太極拳協会副理事長、広報・機関誌委員会委員長を経て、現在、日本健康太極拳協会顧問、東京都支部名誉支部長。

日本ペンクラブ会員。同人雑誌『飛火』同人。

著書に『太極悠悠』『太極悠悠 2』、詩集『へび』『へびの眼』『へびの耳』および『楊名時太極拳のための中野式準備運動と顔の周辺のマッサージ』、編著書に『楊名時太極拳三十年史』『楊名時太極拳四十年史』『楊名時太極拳五十年史』、楊名時著『〈太極〉巻頭文集』、絵本の翻訳に『へびのクリクター』などがある。

太《たい》極《きょく》悠《ゆう》悠《ゆう》 3《さん》

太極拳とともに生きる

二〇一七年一二月一二日第一刷発行

著　者　中野完二
発行者　藤田美砂子
発行所　時空出版㈱
〒112-0002　東京都文京区小石川四-一八-三
電話　東京〇三(三八一二)五三一三
印刷所　モリモト印刷㈱
ISBN978-4-88267-068-1

Printed in Japan
落丁、乱丁本はお取替え致します